KB266662

꽃밥

지혜사랑 325

꽃밥

김선옥 외

지혜

『꽃밥』을 펴내면서

　인터넷 세상, 스마트폰 세상, 인공지능 세상, 스페이스 X
의 세상 등, 이 세계는 언어의 세계이며, 언어의 꽃으로 활
짝 핀 세계라고 할 수가 있다.

　시는 사상의 꽃이고, 사상은 시의 열매이다.

　모든 시는 '꽃밥'이고, 이 '꽃밥'이 '살아 숨쉬는 내장의 길'
을 활짝 연다.

　이 세상의 모든 인간들이 모두가 다같이 언어의 꽃, 즉,
우리 시인들의 '꽃밥'을 먹고 산다.

2026년 봄

차례

2부

- **일러두기**
  페이지의 첫줄이 연과 연 사이의 띄어쓰기 줄에 해당할 경우 >로 표시합니다.

1부

전문가 외 1편

이 영 선

사거리의 파라솔은 햇빛 맞는 전문가
악착같이 골든타임을 기다리는 프리랜서

그의 앞에서
검은 그림자 하나가 횡단보도의 흰 라인을 밟다가 흠칫
뒤로 물러선다
푸른 등이 켜지자 그들은 거친 숨을 내쉬며 건너간다
건너편에서 달려오던 무쏘가 눈알을 희번덕거리며 우회
전한다
꽁무니에 쇠똥처럼 까맣게 굳은 녹이 보이는 소나타가
검은 연기를 내뿜으며 간다

비틀, 포니, 램을 밀어붙이듯
아슬란이 날카로운 발톱으로 아스팔트를 할퀴며 간다

쇠와 소음과 매연의 정글 속에서 파라솔의 하루가 간다
밤이 온다 누군가 와서 문득 그의 몸을 접어 구석에 세
운다
그림자조차 없어지는 그는
아침이면 다시 사방에서 소리들이 어슬렁거리는 정글에
세워진다
그는 특수 노동자

>
이따금 그를 묶고 있는 쇠줄에 도로 관리인이
윤활유 듬뿍 발라주며 말한다
고장 나지 말고 딱! 한 번에 접혀지고
한 번에 펴져라, 올 여름 네 직장은 여기다

월은^{月隱}에서

달 속의 푸른 기운과 그것을 덮고 있는 흰 구름이
단지, 곁에 있다는 이유로 온도가 같아진다면

나무가, 빈집이, 숭숭 뚫린 담벼락이
텅 빈 외양간에서 서로의 털을 핥고 있는 길고양이들이
단지, 곁에 있다는 이유만으로 온도가 같아진다면

어둠을 흔들며 월은 2길을 빠져나가던 버스가 덜컥 멈춘
마을 어귀,
　참깨 꽃 자잘하게 차르륵 거리는 그 연분홍 꽃 속에 숨
어든 달빛이 월은의 온도라면

　시커먼 물웅덩이에 허옇게 드러누운 달빛을 첨벙첨벙 깨
우는
　내 발목 창백하게 적시는 것이 월은의 온도라면

　그리하여 반짝이지도 뜨겁지도 않은 저 달빛이
무수히 꿈틀거리는 내 마음이라면

이영선　2024년 『애지』로 등단. 시집 『모과의 귀지를 파내다』.
　　　이메일 sunrise054@hanmail.net

하느님 이름 지어보기 외 2편

정 동 재

하느님을 하느님이라 제대로 부르지 못하고
개똥이 새똥이처럼 혹시 아명은 아닌지 내내 우려되었다

전기의 아버지라 불리는 니콜라 테슬라의 어록을 필사하
는 밤
'죽음은 존재하지 않는다
이 사실을 깨달으면
죽음은 두려움도 사라진다
그리고 기억하라
지금까지 존재했던 모든 사람들은
아무도 죽지 않았다'
저절로 끄덕여지는 고개가
천손민족이라는
우리의 돌아가셨다는 말과 크게 다르지 않음을 상기시킨다

'그들은 빛으로 변했고
지금도 여전히 존재한다
빛 입자들의 원상태로의 회귀
나는 인간의 에너지를 보존할 방법을 찾는 중이다'
〈중략〉
시기 질투 원한과 증오로 스스로를 어둡게 하지 말라는
말씀 또한

스스로가 밝아져 빛나게 하므로 사람과 빛은 같은 부류
한통속이라 적고는
눈이 부셔서 쳐다보지 못할 그분의 존함은
우주는 온통 가득 찬 빛과 파동이므로
뇌성과 보화가 들어가야 제격일 것 같았다

‘나의 발견이 사람들의 삶을
 더 쉽고
 더 견딜 수 있게 만들어
 영혼과 도덕으로 인도해 줄 것이라 믿는다’
죽어 무슨 낯짝으로 그분들을 뵐 수 있겠냐는 생활용어는
죽음이 끝이 아니라는 결론을 내려준다
사람의 도리 하늘의 섭리를 한층 더 일깨워 준다

어록 필사를 마치다가
마테오리치의 상제, 천주, 하느님, 하나님에 대한 변천사
에서
상제라는 단어를 원래대로 가져다 써보기로 했다

가장 높은 하늘은 수리학적으로 구천이다

구천 응원*九天 應元 + 뇌성** 보화***雷聲 普化 + 천존 상제天

하느님 존함이 눈도 뜨지 못하게 번쩍번쩍 빛 난다

* 모든 천체天體와 삼라만상森羅萬象이 천명天命에 응應하지 않고 생성生成
됨이 없음을 뜻함.

** 천령天令이며 인성仁聲인 것으로 뇌雷는 음양이기陰陽二氣의 결합으로
써 성뢰成雷되며 뇌雷는 성聲의 체體요, 성聲은 뇌雷의 용用으로서 천지
를 나누고 동정진퇴動靜進退의 변화로 천기天氣와 지기地氣를 승강昇降
케 하며 만물萬物을 생장生長하게 하고 생성변화生成變化 지배자양支配滋
養함을 뜻함.

*** 우주의 만유萬有가 유형有形 무형無形으로 화성化成됨을 뜻함.

15진주眞珠 우주 만들기

화성이라 이름 붙이니 화성이 되었다
수성이라 이름 붙이니 수성이 되었다

화성이라 이름 붙이기 전에 이미 화성이었다
수성이라 이름 붙이기 전에 이미 수성이었다
목성, 금성, 토성이라 이름 붙이기 전에 이미 목성, 금성,
토성이었다

1은 수水 북에, 2는 화火 남에, 3은 목木 동에, 4는 금金
서에, 5는 토土 중앙에
6은 수水 북에, 7은 화火 남에, 8은 목木 동에, 9는 금金
서에, 0은 토土 중앙에

십진법으로 천지 사방 진을 짜니
월화수목금토일月火水木金土日 운행이
좌청룡左靑龍, 우백호右白虎, 남주작南朱雀, 북현무北玄武의
보우를 받아
천체의 행진 가로막을 자 없다

가로 세로 이리 합해도 저리 합해도
일월 품은 15진주眞珠의 마방진이 분명하니
상현, 하현, 한 달 달력 만들기 충분하고

해와 달의 밀당(인력 비율 5:2.35), 일 년 열두 달을 엮어도
누구 한쪽을 편들어 천체가 쏠리지 않는다

칠산 바다 조기 한 마리도 먹을 사람을 정해 놓고 잡힌
다더니
순식간 유성우조차 허투루 쓰이거나 버려지는 게 하나도
없는가 보다
내일모레 보름날 서둘러 그물 걸어놓으면
아이들 도시락 걱정 보름간은 충분하다

천둥 번개 부리는 성性

1.
40대 후반 성형병원 쇼핑 중독에
조언 건네지만
서로 눈이 맞아 찌리릿 스파크가 일면 멈출 수 없는 불가
항력에 대해
너는 여자를 모른다는 핀잔 쏟아낸다

"양심 팔아버린 마음자리에 상주한다는 악마들
　일가족 연쇄 살인으로 치닫는 흔해진 현장
　원혼가 악마가 벌여놓은 생생한 생지옥
　마음이란 하느님도 악마도 내게 들락거리는 출입문이고
　활주로라고"
　시집『나는 빛이요 파동이요 생명이므로』의「이순」이라는
시편이
불현듯 그녀를 꼬집는다

　음양이기陰陽二氣의 결합으로
천기天氣와 지기地氣를 승강昇降케 하며
만물萬物을 생장生長한다는 천둥번개는
또한, 남녀 사이 뜨거운 감자여서
눈빛 마주치는 순간 찌리릿 스파크 일으키며 심장 쿵쿵
뛰게 만드는

바람둥이들을 경계해야 한다

때 되면 누구나 눈 뜨인다는 성性
때 되면 누구에게나 불어닥친다는 신풍神風이라는 말
성은 소중한 것이라며 흔한 말이 되어 돌아다니지만
멋진 말로
사랑하는 사람과 천둥 번개 부리는 일이라고 적었다가
번개 타고 깃드는 영혼들의 일이어서
성은 존엄한 것이라 다시 적는다

2.
태초에 산꼭대기 휴화산에 호수가 생겼다
이른 새벽 사슴 한 마리 없는 까마득한 시절이었다
아무도 놀러와 주지 않았으므로
심심해요를 노래 부르던 호수의 기도가 하늘에 닿았는지
도 모른다
그래서인지 어느 날부터 물고기 한 쌍 태어나 뛰어놀았다

인걸人傑은 지령地靈**이라는 한시어사전 기록이 있다
그러므로
아무도 놀러 와주지 않았으므로
심심해요를 노래 부르던 호수의 기도가 하늘에 닿았는지

도 모른다

별도 달도 지구도 바람도 구름도
천지를 정신과 물질로 엄격히 구분하면 땅地으로 분류할
수밖에 없었으므로
물고기도 토끼도 사슴도 아무도 없는 까마득한 시절이었
으므로
태초에 오매불망 오직 하늘의 염원이 있었을 뿐이었으므로
천둥벼락이 치고 물고기, 노루가 뛰놀고
코흘리개 아가의 손을 잡고 유치원 향하는 어머니의 모
습이
아침이면 흔하게 보이는지도 모른다

올리브산 12봉우리 12사도가 태어났는지도 모른다
니구산 72봉우리 72현인이 태어나 성균관 대성전에 봉
신 되었는지도 모른다
석정산 500봉우리 500나한이
음양역 순환주기 513년에 맞춰 각기 세상에 나섰는지도
모른다

이러다
지상천국이 태어날지도 모른다

>

3.

대를 잇는다는 말은 열매를 맺는다는 말이므로

진리가 필요했는지도 모른다

자식을 보면 부모를 알 수 있다

어쩌면 하늘의 초상 그릴 수 있을지도 모른다

나는 진리요 생명이라는 말이 아들이라는 말이

그리하여 세상 떠들썩하게 만들었는지도 모른다

오운육기五運六氣, 오대양육대주五大洋六大洲, 오장육부五臟六腑,

대우주 닮은 인간은 소우주라서

대자대비 사랑의 마음 뼛속까지 설득력 있게 파고들었는지도 모른다

대장부大丈夫 대장부大丈婦

의관정제衣冠整齊하고 인의예지신仁義禮智信으로 참된 열매 실천했는지도 모른다

마당 한편에 천둥 번개 치더니 풀 한 포기 피었다

4.

성性은 천둥 번개를 부려 하늘과 땅 사이 기둥 세운다

뇌성雷聲 가득한 우주라는 집에는

풀 한 포기 꽃 한 송이 함부로 깔리지 않게 기둥이 선다

　　＞

　언 땅 헤집고 나온 봄 새싹 반겨주는 눈빛이 있고
　껍질을 까고 흘러나오는 삐악삐악 소리에 터져 나오는 박
수 소리가 있다
　이 별은 네가 저 별은 내가 서로 주고받으며 밤별을 노래
하고
　아침 찬란히 떠오르는 태양에 환호하고
　바쁜 걸음으로 아침을 여는 사람들이라는 대들보가 있다

* RNA의 역사 토마스 체크 저, 노벨 화학상 수상.
** 아주 뛰어난 인물은 영묘靈妙, 신령스럽고 기묘함한 땅에서 난다.

정동재　『애지』로 등단. 시집 『하늘을 민들다』, 『살리는 공부』, 『나는 빛이
요 파동이요 생명이므로』. 이메일　qufdlthsus@naver.com

저 피리소리는 외 1편

김 형 식

날숨이
들숨에게

"아직 살아 있어"
내가 들어갔다 왔거든

들숨이
날숨에게

"아니야 죽었어"
들어갈 수가 없어

저 피리소리는
누구의 것인가

전생에 당신은 망부석이었어

송파둘레길
아내 손 잡고 억새꽃 졸고 있는 햇볕 위를 걷는다

모퉁이 돌아 멀리 한강이 보이는
탄천 수변 운전면허 시험장
바로 위쪽 돌담에 붙어 서서
어제 쌓다만 돌탑을 만지작 거린다

쌓다 허물고
쌓다 허물어지면
에이 어허 마주 보고 웃고
다시 쌓기를

간택을 기다리는 조약돌들
두근두근 숨 죽이는 소리
돌탑의 궁합은 맹구우목盲龜遇木*의 인연 뛰어넘어야 해

방석은 이미 뉴턴이 깔아 놓았어
하늘의 비밀을 훔쳐내 왔지
너희들 교합만 잘하면 되는 거야

손끝에서 이는 바람

하늘로 하늘로 밀어 올려
한 층 한 층 탑을 쌓아가는 일념

아내의 탑이
먼저 조심스럽게
하늘을 밟고 일어선다

추호의 틈도 내주지 않는
자쾌自快**속에서
호흡이 무너지는 순간

아내와 나는
송파둘레길에
돌탑이 되었다

* 눈먼 거북이가 백 년에 한 번 물 위로 올라와 바다 위에 떠다니는 구
  멍 뚫린 나무판자를 만나는 인연. 사람으로 태어나는 것이 얼마나 어
  려운 일인지. 불교잡아함경.

** 스스로 내면의 기쁨과 만족을 추구하는 삶의 태도. 장자의 소요유.

김형식　인묵. 성철스님 몽중상좌. 제가불자. 詩聖 한하운 발제자. 시집
『그림자, 하늘을 품다』, 『五季의 대화』, 『광화문 솟대』, 『글, 그 씨
앗의 노래』, 『人頭琴의 소리』, 『성탄절에 108배』, 『질문』, 『無我의
강』. 이메일 hyeongsik2606@daum.net

막달레나의 바닷가 _{외 1편}

김 평 엽

나는 왜 심장을 백엽상에 넣으려 하는가
본래 새들의 영토였던 네 어깨
해당화는 백사장에서 뜬잠을 잔다
절반을 잃어 절룩거리는 섬
등대를 두고 한점 불빛 그리울 때가 있다
무심히 집어등에 핀 꽃을 꺾어
화병에 올리면 하얀 얼굴
용지가 심장에 걸려 출력되는 날 있다
담벼락에 기대 머물다간 파도
막달레나가 간재미를 뒤집는다
그 외, 약간의 발자국과 갈매기 똥
이것이 오늘 건진 생의 흔적
그 밖의 것은 영구미제未濟

기억의 물집

가다 보면 막다른 곳에서 늘 발목 시리다
고장난 휴대폰이 울던 날 몸에서 나온 뱀을 놓쳤다
환각은 예감, 죄 없는 여인을 찾는다
― 심장을 돌려드릴게요
　　쓸개는 나무에 걸어주고
　　기억은 말려주세요

생명의 서를 지우고, 산티아고 가던 날

김평엽　2003년 『애지』로 등단. 임화문학상(2007), 교원문학상 수상 (2009). 시집 『미루나무 꼭대기에 조각구름 걸려있네』, 『노을 속에 집을 짓다』, 『박쥐우산을 든 남자』 외. 이메일 kimpy9@ hanmail.net

칼질 외 1편

강 우 현

칼질이 시작되자
한 시간 만에 새로운 문장이 된다

도마에 얹힌 물고기는
난도질하는 동안
다른 메뉴로 바뀌어
화려하게 장식할 준비가 끝나고

잦은 외출과
두 개의 얼굴
비틀거리는 귀가까지 더해져
고봉의 화사가 투명 접시로 옮겨진다

누구나 감정 없는 도마에서는
변명할 틈 없이 거듭나서
아스파라거스와 한련화 한 송이가 꽂힌다

언제 바뀔지 모르는 데커레이션

무지에 색을 입히고 낄낄대던 칼질은
새로운 문장을 기웃대다가
같이 칼질하던 물고기를 도마에 올리기도 한다

흘러간 물

불러보지 못한 이름

통성명은 끝났다
일방통행으로 엇갈렸다

낡은 옷을 갈아입고 길을 나섰다는 소리에
퇴근 차림으로 오래 서 있었다

그동안 만나지 않아 따뜻했을까
이름을 불렀다면 싸늘한 언어의 화석만 남았을지 모른다

앎과 모름의 이중성은 눈물을 흘릴 수 있게 한다

잘못 올린 결제에 대해 회수할 수 있는 시간이 있다면

상상은 현실을 바꾸는 제안서
잘 잘못은 감정의 부유물이 가라앉아야 볼 수 있다

안녕하세요
다가올 것 같은 말에 달팽이 촉수처럼 손을 뻗다가
겨울이 된 소식이 추워서 문을 닫는다

>

첫인사가 인사 없이 잠들었다

보고 싶은 이들은 다가가도 닿지 않는 거리가 있다

강우현　2017년『애지』로 등단. 시집『竹, 경전이 되기까지』(2021),『반항
　　　을 접은 노을처럼』(2023).

꽃밥

김 선 옥

내장 속에 꽃이 핀다

천안, 허브 식당에서
꽃 비빔밥을 먹고 온 날부터
가지각색의 꽃이 핀다
쭉쭉, 줄기는 내장 끝까지 뻗는다
내장 속에서도 향기를 머금은 꽃이 피다니

해마다 잘 익은 봄날을 한 아름씩 건네며
말도 없이 잘리는 가윗날이 다녀간다
갓, 땅과 결별한 꽃잎의 수런거림을
코끝은 쥐었다 풀어놓는다

죽음이 이렇게 싱싱하고 향기롭다니,
살아 숨 쉬는 내장 길을 활짝 열었다
겹겹 물길을 틔워
심장 소리 둥둥거리는 한 척의 배에 실려 오는
꽃잎의 한 시절들

왕성한 식욕이 다녀가고
향기는 입속에 뿌리 없는 제 몸을 묻는다

김선옥　경북 문경 출생. 2019년 『애지』로 등단. 시집 『바람 인형』. 이메일
kso6789@hanmail.net

봄을 내리는 비 외 1편

백 홍 수

한동안 잠에서 깨어나고 싶었다.

몇 달간의 기나긴 차가운 동굴에서
동면을 하는 어린 아기곰처럼
자아의 허덕임을 잊은 채로
의식없이 지내다 깨어나고 싶었다.

바위틈 사이로 촉촉 떨어지는 방울 소리
한 모금 받아 수분을 섭취하고
빗소리의 불규칙적인 음율을 느끼며
이제 서서히 눈을 떠볼까나.

동굴 밖에는 찬서리 진한 한기가
잔뜩 주변을 감싸고 있구나
온통 흰빛의 경사로를 타고
한방울씩 떨어지던 빗물은
금새 다듬이 소리로 변했다.

이젠 억압에 짓누르던 몸을 일으켜
빗소리 들어오는 틈새를 향해
봄을 내리는 비를 따라
서서히 걸어가 볼까나.

아직은 오지 않는 달

고요한 바람결에 스치고
깊어가는 어두움은 지나가도
하늘의 밤이 고요함으로 깃들어도
기다리던 달은
아직은 오지 않는다.

별빛마저 희미해지는 밤
바람소리 서늘한 어둠에
저 멀리서 조용히 떠오를 달을
지금은 고요한 어둠이 감싸고 있다.

밤의 정적 안에서
어둠이 길어질수록
기약없는 기다림은
외로움만으로 가득 차지만

아직은 달은 오지 않는다.

백홍수   시집 『내 영혼의 그리움』, 현대시문학 동인시집 『빈터에 바람이
분다』, 애지문학회 사화집 『멸치, 고래를 꿈꾸다』. 현대시문학 회
원. 이메일 btgrm@hanmail.net

마산 가다가 외 1편

박 경 분

마산 사는 작은언니 환갑 먹으러 가는데
흰 동백 꽃잎처럼 눈이 뿔뿔 내려

눈이 뿔뿔 내린다는 말은
우리 시어머니한테 처음 들었지

눈이 뿔뿔 내린다 그러셨었어

어머니 돌아가시고 삼년 새
일도 참 많아
예전엔 몰랐네 어른 그늘
그 그늘이 문득 그리워
어렵던 어머니가 보고도 싶으니

여보 우리 내려가는 김에 내일
순천 가서 어머니 산소에 들러 올까?
내가 물으니 남편 대뜸

잠은 어디서 자고? 한다

잠?
아, 잠

그래 우리 어머니 집이 이제 거기 순천에 없구나
맞네

아, 이제
우리가 맘 놓고 묵어 올 우리 어머니 집이 거기 없구나

혼자 뽈뽈 날리는 흰 동백 꽃잎처럼 끄덕끄덕

남편은 말없이 운전을 하고,
나는 계속
그렇구나 맞네 그렇구나 그러지
그러지
그러고 있다

시인의 베란다

수정산 송선영씨가
희귀한 수국이라며 실어다 준 바람개비 수국
15층 혜숙 언니가 이사 가며
날 보듯 보라고 물망초처럼 심어주고 간 사랑초
엄마가 꽃 보라고 잘 간수해 뒀다가 준 백도라지

베란다 화분들의 내력을 말하다 보니

뒤이어 내가 심은 건
흙 채운 사각 스티로폼 박스에
상추, 달래, 쑥갓, 방아잎 등
식용뿐

시 읽는 건 그다지 좋아하지 않지만
엄마가 시인인 건 은근쩍 자랑도 하는 딸이

먹을 것만 심고 엄마, 시인 맞아
그러는데

시인은 뭐 꽃만 먹고 산다니

그래도 보아라

진심이란 꽃말을 빙글거리는 바람개비 수국,
당신을 절대로 버리지 않는다는 연분홍 사랑초,
약이 될 영원히 사랑한다는 엄마의 백도라지
저 아름다운 꽃말들
詩心들을
그리하여 엮어지고 있는 내 영혼의 詩語들이려니

이만하여
그래, 이만하여 시집 한 권 활짝 피게 된다면
한 시인의 꽃밭에서
어떤 시를 더 바랄까

박경분　2025년 『애지』로 등단. 시집 『괜찮다 나는』, 『토요일엔 옥금씨가
　　더 행복하다』. 인천 문인협회 회원. 이메일　aa940704@naver.
　　com

꽃비늘 돋다 외 1편

임 은 경

바람이 불어넣은 입김만으로
길 위에 엎드린 꽃잎이 파닥거리면
깊은 바다,
지느러미가 되살아난다

비늘 하나하나에 새겨진
오래된 물무늬
아득한 시간이 굽이치며 일어난다

숲을 자유롭게 헤엄치는 동안
하늘과 산, 바다가 물무늬의 결을 내면
내 팔다리에도 물이 차오르고

온통 꽃비늘 돋아
나무가 된다

일체一體

백로 한 마리
우아한 자태로 강가에 서 있다가
몇 걸음 자박거리는가 싶더니
날개를 활짝 펴고
날아오른다

하늘을 향해
크게 원을 그리다가
소나무 가지에 사뿐히 내려앉는 백로

자연이 그린 동양화 한 폭,

한참 동안
넋 놓고 바라보는
낮달

임은경 충남 논산 출생. 2024년 『애지』 신인문학상 등단. 시삶문학 회원. 이메일 ekimbook@naver.com

비탈 4 외 1편

이 희 석

이곳의 돌들은 서로 미워하지 않아요
누르는 것들의 무게는 한시도 그대로인 적이 없지만
기울기는 더 기울지 않죠

사람과 차 말고도 구름이 자주 지나갔어요
빗물이 골을 파고
눈송이는 가벼이 배반하고
바람은 다독이는 척하지요

햇빛은 무서워요
쉬지 않고 째려보죠
모래알들이 그 눈길을 피해 도망 다녀요
길 건너 빌딩은 아무도 모르게 떨죠

버스 정류장 쪽 돌 틈에서는 담배꽁초가 새끼를 쳐요
화이트, 블랙, 히스패닉과 노랭이들이 구겨진 채
인류평화에 기여하죠

흘러내리는 것은 엎드리기도 하고
오르려는 것은 배꼽 인사를 하기도 하지만

비탈은 공평하죠

16도입니다

꼭대기는 평지를 부러워하고
평지는 꼭대기를 그리워하는데
비탈은 왜 비탈로만 있으려 할까요?

그래요 거기까지예요
당신이 더는 비탈지지 않으면 좋겠어요
그러면 당신 눈이
내 얼굴을 좀 바라볼 수 있을까요?

사랑의 유통기한

너의 가슴에 있는 사과를 한 입 베어먹었다
그것은 하와가 손 뻗어 잡았던 처음

어제 식탁에는 사과가 두 개
오늘 접시에는 사과가 반 개
그제 야채실 구석에는 다 물러버린 사과가 한 개

주례사에서 T 선생은 검은 머리가 파 뿌리가 되도록 살
라고 했다
사과가 파 뿌리가 되는 일도 있을까?

요구르트 통에는 검은색 날짜가 찍혀있다
우리는 하루라도 더 먼 날짜를 집어 드는데

너의 몸에도 그런 숫자가 있는 걸까?
아니 내 몸 어딘가에 너의 유통기한이 새겨져 있는 걸까?

지금 물결이 이전의 물결이 아닌 것은 바다가 알리라
오늘 당도가 어제의 당도가 아닌 것은 사과가 알리라

우리에게 남은 사과는 무슨 색일까
푸른색일까? 붉은색일까?

철분으로 뒤덮인 녹슨 색일까?

사과가 다 떨어졌네……
신선실을 열며 너는 나지막이 중얼거린다

그것,
무엇이 다 먹은 걸까

이희석　2025년『애지』로 등단. 현상 동인. 이메일 joyston2@hanmail.net

가장, 불확실한 거리 외 1편

김혁분

이제 낮을 잃는다 밤과 낮이 같아질 어두운 질량의 둘레
안개는 유난히 부신 햇살을 예약한다

검은 칸들이 어떻게 보이나요? 얼룩이요? 황반변성은 무
거운 놈입니다 희망과 절망, 아슬한 경계 어디쯤에서 핀 어
둠과 빛이라는

병, 절망할 여유도 없이 나는 무거운 병 속으로 잠겨 들
고 있는 거다 그렇다면 목이 긴 가벼운 병이 되어보자고 목
을 빼 본다

두리번거리면 눈앞이 번하게 시원해질 것 같아

밤길에서는 눈을 감으면 안 돼
한쪽 눈을 가려도 한쪽 눈은 희망 쪽을 향해 전진하는
거야
낮, 밤 없이 질주하던 가장 가까운 거리가
가장 불확실한 거리로 남는다

불쑥, 살려달라고 외치고 싶다
더 보고 살고 싶다고
빛과 암흑으로 나뉠 경계에서라도

>

잘 살펴 가십시오 의사는 목을 길게 숙였다 유리보다 더
투명해지고 싶은 나와 걷는 친절해서 환한 금요일 오후였다

예보

벌이 사라졌다 바다처럼 출렁이는 과일의 바닥
사과의 검은 점은 눈밑 눈물점 같은 반점은 아니라고 반
기를 들어도

예보 없이 비가 내리고 열매가 굵어지고
한 입 베어 문 탱자의 신 물은 레몬의 아류는 아니고
감이 떨어지는 것은 몰락이 아니므로 감 떨어지는 반동
으로 대추가 떨어지고 밤이 쏟아지고

사과는 받아도 못 믿겠다고 모과의 향도 의심하는 너

수목한계선을 넘어 사과가 북상하고 감이 북상하고 가
을볕이 대추로 쪼그라져 돌아오는 동안
벌이 사라졌다고 사과를 건넸는데

지금은 북상하는 태풍과 시점이 닮은 아보카도를 심어야
할 사과의 시간

김혁분 충남 보령 출생. 2007년 『애지』로 등단. 시집 『목욕탕에는 국어
사전이 없다』, 『식물성의 수다』. 이메일 kimhb1212@hanmail.
net

AI 아내들 외 1편

권 혁 재

십팔 세기 열녀가 돌아왔다고
최신식 기계에 느슨해진 아내들이
바짝 긴장하기 시작했다

문명에 바랜 애교를 한 세기로 앞당겨 놓고
돈 버는 노비로 전락한 남정네를
전란에 출정하는 전사로 치켜세우는
낭창낭창한 목소리의 아내가 돌아왔다

가족관계만 분명한 아내의 아내들이
억지 밥상을 함부로 차려내도
열녀문을 밀고 들어오는
새로운 아내들이 먼저 집을 장악했다

규방의 불빛 아래 나직이 속삭이는
아내들의 거짓 없는 시대가 왔다

벌천포 여자

바람의 길을 압류 당한 여자가 있었다

밀물로 오는 걸음걸이
그 뒤로
갈매기가 물고 낮게 날아오르는
하얀 얼굴의 여자

건너편 태안반도에서
갯벌을 타고 넘어 온 울음의 조각들이
몽돌 속으로 가라앉는 초저녁

초승달 몸매로 굽은 해안선에서
초승달 이마에 스친
단 한 번의 키스에 출렁이는
파도의 무늬들

바다의 물길과 사내의 목소리를
여전히 알아볼 수 있을까
갯벌 속으로 사라져간
남자의 이름을 다시 부를 수 있을까

한恨 같은 바람의 기억이 없어서

지울 길은 더욱 없어서
바람을 탓하지 않는 벌천포 여자

바람의 길을 잃어버린 여자가 있었다

권혁재 2004년 《서울신문》 신춘문예 등단. 시집『안경을 흘리다』,『자리
가 비었다』외. 이메일 doctor-khj@hanmail.net

지우개붓 외 1편

송 승 안

나의 그림은 끝을 향해 가지만
꿈꾸던 장면과는 멀다

시작부터 스케치가 어긋난 탓일까

채색은 경계를 넘나들며 덧났고
변명으로 일관하는 대화처럼 왜곡되었다

가장 빛나야 할 꽃마저 흐려질까
불협의 밤을 지새우다 쥐게 된

지우개붓

지운다는 것은
엎드려 잘못을 매만지는 일

날 선 모서리가 둥글어지고
바탕을 품지 못한 면면 다듬어지면

묻혔던 빛 스며나와
꽃 또한 제 빛을 되찾겠지

>

서툴렀던 나의 생이여
모난 말에 가로막힌 첫 기억들이여
꽃보다 귀한 나의 아이여

빛의 겹으로 돌아오기를

그러므로 오늘도 나는 지운다
서툰 붓질 지워낸 자리에
아직은 잠시
빛이 머물 뿐이나

침묵 끝

우리는 결국
어둠의 심장에 닿고 말았다

아무 소리도 들리지 않았다

두려움에 방향을 잃고 흔들리며
꿈을 꾸었다

가장 깊은 바닥을 차고 오르는
새떼를 보았다

먼 심장에
흩어졌다 모이는 무늬를 그리다

새떼들이 꿈밖까지 따라 나왔다

새들은 모두 혼자다

수천 개의 날갯짓이 바람을 가른다

추락과 비상이 교차할 때마다
수만 개의 마음이 새떼처럼 난다

>

홀연한 파문으로
얼어붙은 문장이 침묵에서 깨어난다

고독이 바닥을 치는 소리 들린다

송승안 2024년 『애지』로 등단. 시집 『세월이 하도 잘 가서』. 이메일 sou
san60@naver.com

2부

오랑 키링* 외 1편

김 길 중

주말 오후
타고 내리는 사람이 많아 붐비는 지하철 안

몇 정거장쯤 지났을까
배낭을 멘 꽤 나이 들어 보이는 한 노인이 타고
경로석에 앉아 있던 사람이 일어나 자리를 양보하자
인제 90인데요 뭐 하며 미안한 듯 자리에 앉는다

그 말에 주변 사람들 구경이라도 난 듯 노인 주위로 모여
들며 *대단하시네요, 비결이 뭐예요* 여러 말들이 쏟아지자
노인은 *그냥 젊게 삽니다* 한 마디 툭 던진다

몇 정거장 뒤
노인이 자리에서 일어서자
배낭에 매달린 오랑 키링도 달랑거리며 따라 일어난다

달랑거리는 오랑 키링을 바라보며
나도 하나 사고 싶어졌다

* 청소년들 사이에 큰 인기를 끄는 오랑우탄 모양의 작은 인형으로 가
  방에 다는 액세서리.

방생

마루에 앉아 있는 내게
톡, 톡 다가오는 귀뚜라미 한 마리

동구 밖 아이가
천방지축 걸음으로 달려오던 여름날처럼
두 더듬이를 설레설레 흔들며
다가와
슬금슬금 눈치를 살피다
뜻밖의 인연에
흠칫,

나도 놀라
조심스레 슬몃 쥐고 가
마당 건너 풀숲에 놓아주었다

놓아주다
일상의 문턱에 걸린 나도 풀어주려 하였으나
톡, 톡 뛰어가지 못하는 나

내가 움켜쥔 것이 나였는지
내가 놓아준 것이 귀뚜라미였는지

$>$

풀숲의 귀뚜라미가
뒤돌아서서 두 더듬이를 앞뒤로 흔들며 나를 본다

나를 방생하고 싶은 모양이다

김길중   2023년 『애지』로 등단. 시집 『군말 없이』(2025년). 이메일 birdi
echance@hanmail.net

둥근 밤을 들다 외 1편

박 영 화

숨길 것 없는 밤
하늘 한가운데를 비워
환한 얼굴 하나를 올려두었다

가득 찼다는 말이
이토록 쓸쓸할 수 있구나

어디에도 흘러내리지 못한 빛이
지붕 위에 고이고
말 끝에 맺히고
돌아오지 않는 이름 위에 닿았다

당신은 늘 그렇게
완전해진 순간에 떠났고

나는 이유를 묻지 못한 채
한동안
이 둥근 밤을 들고 서 있었다

바깥, 모란꽃 다시 필 때

푸른 밤 숲 한가운데 잠긴 눈으로 서 있으면
숲을 흐르는 달빛의 소리가 들린다

지금, 나비의 어깨쯤에서
봄, 무던히도 찬란한 춤을 본다

이런 날
입술에 휘파람을 얹는다

문득
모란꽃이 잃어버린 향기를 찾아주고 싶다

봄이 가고 여름 가고
흰꽃들이 떼 지어 날면

어느새 노란 혈관의 30℃로
봄은 다시 오겠거니
벚꽃 상냥해지는 5cm로 폴폴,
그대처럼
오시겠거니

침묵 속에 잠들어 있는

푸른 숨, 숲, 밤
깨지 말아라

아직은 그대가 너무 멀어서
나는 위태로운 까치발에 서툴다

바닥을 모르는 슬픔이 레테의 투숙객처럼
기억을 잃고서야, 그대는 처음 본 손님처럼 환하게

나의 잠긴 눈으로 길을 내어 올 것이니

박영화 충남 서산 출생. 2023년 『애지』로 등단. 시집 『조금 오래』. 서산
문학예술연구소 사무총장. 이메일 bluestar1day@naver.com

오래된 연못 외 1편

이 희 은

밋밋한 하루에 굴곡 주고자 골목을 걸었습니다

햇빛이 비춰도 그늘만 이어졌습니다 한 뼘 골목은 그늘
이 자라는 습지였습니다

얼룩처럼 연못이 벽화로 자리 잡았습니다 희미해진 갈대
가 아주 천천히 흔들리고 오래된 습지 냄새가 났습니다

그때 거기 박물관 옆 조그만 연못 속 성긴 갈대, 흔들림
을 바라보면 나도 따라 흔들리고 어디에선가 자장가라도
불러주는 듯 딱딱했던 마음이 스르륵 풀리던 때가 떠오릅
니다

골목은 삐뚤삐뚤했으나 어디든 출구는 있었습니다 나의
하루도 조금 삐뚤삐뚤해졌습니다

골목은 내부 깊은 곳으로 숨을 불어넣는 기도氣道
발소리 기다리는 쪽창이 등 기대는 곳

골목을 빠져나와 누운 골목 일으켜 세워보았습니다 가지
가 잘린 가로수였습니다 연못은 옹이로 변했습니다

>

하늘을 보니 거기에 흰구름 연못이 마악 생기고 있었습
니다

밥솥에 구름이 산다

구름을 뒤적일 때마다
어느 들판에서
온몸 부딪히던 바람이 떠오른다

쓰러트려 진흙 묻히던 바람이
그 진흙 털어주며 꽃을 피우게 하던

알람 울리고
증기 뿜어낼 땐

구름이 한 생을 통해 간직한
바람도 함께 공중의 벽을 깨뜨린다

구름이 흐르고 흘러
어느 목숨을 채우고
웃음을 채우고
눈물을 채우듯
바람도 구름을 키운다

밥솥엔 바람이 산다

이희은 본명 이은희. 2014년 『애지』로 등단. 시집 『밤의 수족관』, 디카시집 『모자이크』. 2018년 대전문화재단 창작지원금 수혜. 제7회 정읍사 문학상 수상. 이메일 leh2627@hanmail.net

풍경 사진관 외 1편

유 계 자

앞마당 오동나무 아래 칠 벗은 의자가 있다

돌사진이 앉았다 갔다
영정 사진도 앉았다 갔다

한 번은 이런 일도 있었다
한 어머니가 눈먼 아들을 데리고 사진을 찍으러 와서는
눈을 뜨게 해달라는 부탁을 했다

지나가던 바람이 오동잎을 당겨 셔터를 누르자
꽃잎들이 일제히 공중에서 멈췄다

사진관 김씨는 밤새 눈을 빚었다

이튿날 의자에는
그 아들이 오동꽃을 보고 환하게 웃고 있었다

보라는 보라일 뿐

神이 보라색을 만들 때 눈물을 반쯤 섞었을까
온도와 색깔만 맞으면 눈물 봉오리 피워내는 습성이 있다

연탄불 자주 꺼지던 옆방에 세 든 미스리, 연보라부터 진
보라까지 온통 스모키 화장으로 덧칠하곤 했는데
보라를 따라다니던 작업화 신은 사내들
저녁이 열리면 그녀의 얼굴엔 영락없이 등꽃이 피었다

썰물에 헐렁해진 바다처럼
사랑을 기다리던 그녀
한밤중 등꽃 지는 소리가 벽을 타고 건너오기도 했다

한날은 미스리의 방에 사람들이 하얀 천을 가지고 드나
들었다
그 뒤로 나는 무슨 일이 있었는지 모른다
다만 내 사춘기가 등꽃처럼 지나갔다

지금 그들은 어느 보라 밑을 서성이고 있을까
보라를 탐하던 사내들처럼 나도 등꽃 아래를 자주 기웃
거린다

꼬인 등나무가 싫어 외면하다가도 등꽃이 피면

그만 꽃 타래 같은 눈물이 피고 마는데

은은한 향과 달달한 그늘, 보라는 죄가 없었다

유계자　충남 홍성출생. 2016년 『애지』 신인상으로 등단. 시집 『오래오래오래』, 『목도리를 풀지 않아도 저무는 저녁』, 『물마중』이 있음. 2022년 한국출판문화산업진흥원 출판콘텐츠 선정. 웅진문학상, 애지문학작품상, 평사리문학대상 수상. 이메일　poem-y@hanmail.net

다른 이름 외 1편

사 공 경 현

초식동물도
새끼를 지킬 때
눈빛이 칼날처럼 선다

누가 똥 기저귀 갈며 콧노래 부를까
새끼 입에 먹이를 넣어주는
어미 새라고 배가 고프지 않을까

어미 닭, 병아리 품은 채 타죽고
가시고기가 제 살을 깎는 일
큰 그림 속의 얼개이리라

모든 걸 내어주고
희생마저 보람으로 아는 것은
어쩌면 심어놓은 착각의 장치

극히 이기적인 인간이
자식 대신 몸을 던질 수 있는 건
자연이 마련한 본능이라는 고육책

궁극의 목적 앞에
선택처럼 보이는 자유는

장막 뒤에 살짝 숨겨져 있다

부모와 자식
애초에 특별한 무엇이 있었을까
단지 몸을 빌렸을 뿐
분신이라 믿게 할 필요 때문

자식은 다만
특별한 손님이거나
모습을 달리한 채권자

애타고 속상하고
아픈 빗장을 열라
하나의 계약으로 보라

자식을 품고 지우는 고통
세상 질서 위의 모성애
아름답고도 아픈
형벌의 다른 이름

직업의 방식

손 사용형

흙 묻은 손끝에서 출발한 사람들. 밑천이라고는 몸 하나뿐, 품을 팔아 먹고산다. 힘들고 위험한 일도 마다하지 않는 성실파. 손끝에서 양식과 제품, 건물과 길이 만들어질 때 뿌듯함을 느낀다. 수고에 비해 처우는 낮고, 사회적 기여는 흙 속에 묻혀 있다

학벌이나 자본 없이 몸으로 부딪치는 부류. 타고난 재빠른 손놀림과 담력 덕분에 생계를 유지한다. 늘 따르는 작업의 위험부담, 과학 발달은 오히려 일을 더 어렵게 만든다. 탈 없이 일을 마쳤을 때야 숨이 제자리를 찾는다. 흔적은 어둠 속에 묻히고, 세상의 눈초리는 싸늘하다

칼 사용형

금빛 가문 출신이 주류. 긴 수련 과정을 거쳐 자격을 얻은 이들. 전문 지식과 숙련된 기술로 고장 난 부품을 수리하거나 꺼져가는 촛불을 살릴 때 보람과 존재감을 느낀다. 존경과 우월적 대우를 받지만, 과잉된 친절과 권위 의식이 친절보다 먼저 기억되는 때도 있다

대부분 흙 가문 출신. 어린 시절의 결핍이나 보상 심리의 반작용으로 스스로를 길 뒤편에 세운다. 사회와는 비켜선

성향, 전문 기술 없이도 표정과 자세만으로 상대를 압도할
수 있다는 독특한 자부심을 지닌다. 주로 단체를 기반으로
활동하며, 시민들은 침묵하거나 외면한다

혀 사용형

드문 흙의 자손마저 문턱 앞에서 걸러지는 추세. 현란한
언변과 절묘한 논리로 판세를 흔드는데 능하다. 승부사 기
질을 바탕으로 정치권으로 진출하는 사례가 많다. 선의와
는 별개로, 편향된 시각의 업무 처리방식과 엘리트 의식은
사람들에게 거리감을 주기도 한다

출신 성분이 혼재하며. 학력과 무관하게 타고난 소질이
절대적이다. 손금 들여다보듯 사람 속을 읽어내고, 교묘한
말솜씨로 상대를 심리적으로 지배하며, 수월하게 성과를
챙기기도 한다. 대중의 시선은 차갑지만, 말이 먹혀든 순간
의 맛을 오래 되새긴다

사공경현　군위 출생. 2022년 『애지』로 등단. 시집 『마지막 행에는』. 이메
일 v4040@hanmail.net

봄날, 사는 게 건조해지면 외 1편

임 덕 기

건조한 눈처럼 뻑뻑해지는 시간에는
벚꽃 개화가 빠른
남쪽으로 가는 기차를 탄다

창밖에는 물오른 수양버들
늘어진 줄기가 바람에 낭창거리고
연둣빛 물결 속에 숨어있는 봉분들
산비알에 둥지 틀고 누워 계시다

산기슭 텃밭에서 경운기로 퇴비 나르고
무심히 밭고랑 일구는 자손
미더운 마음으로 내려다보시며
둥그런 띠집에서
오늘도 편안히 누워계시다

화사한 봄볕아래 노란 개나리들
자지러진 웃음소리
허공으로 퍼져나가면
무채색 마음에도 봄빛이 짙어간다

첨성대

중앙아시아 유목민 땅에서
말 타고 샛별 따라 찾아온 선조들
동녘 땅에 머물며 천년신라의 터전을 일구었다

선덕여왕시대 세운 첨성대에서
신관은 별을 관찰하며
왕국의 길흉을 가늠했다

신라천년 말없이 목격한 영고성쇠榮枯盛衰
첨성대는 가슴 깊이 갈무리한 채
거센 바람이 불고 땅이 흔들려도
한 치의 흔들림 없이
오늘도 모성의 눈길로 이 땅을 지키신다

학창시절 창경원 벚꽃놀이에
벚나무 아래서 찍은 모친 사진
허리를 감싸고 내려오는
둥실한 한복 치마곡선이 첨성대를 닮았다

역경에도 자식들 품에서 내려놓지 않고
말없이 지켜주신 어머니 모습이
경주에 가면 그곳에 서 계시다

임덕기 이대 국문학과 졸업. 2014년 계간 시전문지 『애지』 신인상, 2010
년 『수필시대』, 2012년 『에세이문학』 등단. 시집 『꼰드랍다』, 『봄
으로 가는 지도』, 『A Map to The Spring』(영역본 뉴욕 Codhill
Press에서 2024년 발간). 수필집 『조각보를 꿈꾸다』, 『기우뚱
한 나무』(2015년 세종나눔도서선정), 『서로 다른 물빛』(제16회
원종린수필문학상), 『스며들다』, 『꽃이 피는 조건』, 『Homing
instinct』(영역본 미국에서 2025년 발간, 아마존판매). (사)국제
펜한국본부 여성작가위원, (사)현대수필문학진흥회이사, 이대동
창문인회 이사, (사)한국시인협회, (사)한국여성문학인회 회원.
이메일 limdk207@daum.net

행복의 빛 외 1편

정 해 영

천천히 걸으며
꽃도 보고 소도 보고

갈 만큼 가다가 흐지부지
돌아가도 그만인 산책 길

보이지도 들리지도 않는
향기만으로 백리를 가는
풀꽃 얼굴 흔들어 본다

행복은 햇빛과 같아
보려고 하면 볼 수 없고
풀꽃처럼 숨어 있어

무심히 걷다가
불현 듯 보이는 그꽃에
비스듬히 내리는
빛과 같은 것이라고

꽃이라는 도시

산맥의 험로를 지나
공기가 점점
희박해 지는 길
까마득히
높은 가지위의 꽃

언제라도
흩날릴 준비가 되어 있는

땅위에 서 있지만
공중에서 더 잘 보이는
떠 있는 도시

허공에서 길을 잃어
흩어져 버린
잉카의 요새가
저러 했을까

가늘고 뾰족한
연둣빛 바람이
세밀하게 조각해 놓은
태양과 구름의 문양

>
신비의 동물 라마가
물을 나르고
보이지 않는 제국의 힘이
향을 피워 올리는

높고 가벼워서
몰락마저 아름다운
꽃의 도시

정해영   경북여고 대구교육대학 졸업. 2009년 『애지』로 등단. 시집 『왼쪽
이 쓸쓸하다』(2014년 문화예술위원회 우수도서 선정). 2021년
제19회 애지문학상 수상. 이메일 haeyoung123@gmail.com

소행성 B162에 붉은 저녁이 도착하면 외 1편

김윤옥

하루 끝에
붉은 저녁이 걸리면
마흔네 번 자리를 옮겨 앉던 어린왕자에게
꽃씨 하나 전해주고 싶다

꽃씨 담긴 상자를 예쁘게 포장해
주소를 B162라고 쓴 후
보아뱀이 토해낸 코끼리를 타고
우체국으로 가고 싶다

꽃봉오리 열리는 소리
오선지 위로 톡톡 피어나면
사막여우를 초청한 무도회,

마지막 노을이 뜨면
왈츠를 멈추고
흑과 백이 하늘과 땅의 경계를 긋기 전
그의 별 그림자 지우고 있겠지

그랬지

안녕,
하고 다가갔는데

안녕,
인사 하고 떠났지

긴 시간
잊히지 않는다는 걸 알았더라면
고백이나 해볼걸
그랬지

김윤옥   2025년 『애지』 신인문학상으로 등단. 이메일   younok700@
hanmail.net

묵정밭 외 1편

조 숙 진

한때, 작은 떼기 안에서
우리는 알록달록 말의 잔치에 있었다

경계선 밖을 먼저 나선 너는 너의 방향으로 질주했고
네 쪽을 힐끗거렸던 남은 시선은 그곳에 닿지 못했다

이러구러 너를 보는 시선은 시들고
그저 바람이 흘린 네 소식
그대로 날려 보냈다

무심히 한 발씩 자란 오해로
우리 밭의 경계는 희미해지고
마른 바람에 무관심 서걱거리는 묵정밭

거친 단층 속 추억의 화석을
나는 발굴할 수 있을까?

아니, 너는 애초에
밭의 출구에서 신발 흙을 털면서도
나를 뒤돌아보며
달려가고 있었던 건지도 모른다

>
고, 생각을 마치기도 전에
나는 급히
마른 흙 절반 넘어 적시도록 땀방울 흘리며
네 쪽으로 괭이질을 하고 싶어졌다

빗살 무늬 방

오늘 같은 날은 장미가 된다

비 오는 풍경을 조각낸 빗살 무늬를 떼어다가
창 없는 벽에 붙여 놓는다,

젖어있는 먼 산 아래 기척 없이 덮어오는 안개 도시
낙엽처럼 빗방울 떨구는 나목들
젖은 건물의 등 뒤로 움츠린 가로등까지

빗물 흐르는 사면의 창을 보며
장미가 고개를 든다

꽃은 비를 기다리는데 꽃에
해를 짝지을 때가 아니지

젖어 드는 벽에 흐르는 무늬 손끝으로 맞는다
시나브로 지문은 구겨진 꽃잎처럼 살아나고
천성처럼 배어 나온 습성에 젖어 든다

말 수 없어진 처마 끝
타고 떨어지는 빗물을 손에 받으며
골목을 차지한 적막한 냄새가 자라나서

빗물 위를 춤추며 그렸던 발자국

조각조각 내 쑤어 준 옆집 호박죽
주르륵 입술 타고 흘러내리고 옷이 죽을 먹는다
오늘 같은 날 조각내기 좋은 부침개는 없을까

사방으로 빗살이 들어오는 방에서
장미는 꽃처럼 비를 맞고 있다

조숙진　전북 남원 출생. 2023년 『애지』 등단. 시집 『우리, 구면이지요?』.
이메일 1106csc@hanmail.net

아름다운 거짓말 외 1편

최 병 근

툭하면 불덩이처럼
대쪽 같은 자존심 치켜세우며
셋째 딸이 사준 꽃무늬 가방에 옷가지를 차곡차곡 담아
놓고
늘 당신의 정류장은 현관이었지요
나 지금 집에 간다

치매를 거꾸로 메치고 싶은 날에도
간신히 보행기 붙들고 걷지도 못하면서
하루에도 수십 번 시골집에 다녀왔다며
당신의 발등을 찰싹찰싹 간질이며 애원하셨지요
애비야 나 집에 간다

오늘은 당신의 마지막 날
아른아른 조등을 걸어놓고
아무 말씀도 없이 집으로 가셨습니다

당신의 텅 빈 속 허기를 채우려는 고봉밥 숨기시며
인색한 짐작이 낯설어 하던 막내 놈 서러울까
오늘은 배가 불러 긴 잠을 자련다는
아름다운 거짓말을 남기시고

스카이 댄서

신장개업한 신바람에 묶여
머리 허파 쓸개 오장육부에
바람기만 가득한 저 여자

아랫도리에 바람을 올려주면
언제라도 두 팔 번쩍 들고 일어서서
유연하게 관절을 꺾는 거리의 춤꾼이다

뼈가 되는 바람에 물음표를 던지며
허풍허풍 그녀의 속살을 더듬는다
그녀의 몸속에 돌던 마지막 바람이
쿨럭쿨럭 공명을 일으키고 있다

그녀는 지금 둥근 고무관 속에서
차곡차곡 관절을 접고 누워있지만
송풍기의 날숨에 따라
빵빵 곧추서고 싶은 것이다

최병근　충남 보령 출생. 2019년 『문예연구』, 2020년 『애지』로 등단. 시집 『바람의 지휘자』, 『말의 활주로』, 『먼지』. 청주시인협회장. 2021년 청주시인상, 2022년 전국 계간지 문예연구 우수작품상 수상. 2022년 충북문화재단 문화예술육성지원사업 선정. 이메일 cbgaaa@hanmail.net

더 큰 상자 외 1편

김 명 이

언제 밀어 넣었는지 모르는
구석의 작은 상자에서 너를 보았다

잔금이 뚜렷해진 편지봉투 속에
잡히지 않는 시간이
초상화의 옆모습으로 있다
비릿한 날의 음성도 녹아있다

접은 색종이의 접힌 꿈
흉내낸 글씨체는
구불거리고 덧칠되어
바람과 구름을 머금었다

묶여 있는 끈 앞에서
박제된 냄새가 새어나왔다
꽃씨의 검은 손톱가루처럼

비밀처럼 잠긴 것은
먼저 떨린다

상자 귀가 부스러지는 것을 발견한다
문지르니 틀이 흘러내린다

>
밖으로 탈출한 나를 바라본다
나는 더 큰 상자에 놓여 있다

어느 덧, 구름의 주스

열차와 들판은 서로를 바라본다

이것은 닿을 수 없는 풍경의 애기

어느 사랑은 이와 같아서

시선은 더 멀고 낯선 풍경으로 떠난다

김명이　시집『엄마가 아팠다』,『모자의 그늘』,『사랑에 대하여는 쓰지 않
겠다』,『섬, 몽상주머니』. 이메일　bagajistar@hanmail.net

꽃시장 외 1편

이 병 연

삶의 절정에
목숨을 내놓은 꽃들

꽃다발이 되고 화환이 되고 조화가 되어
돌잔치 결혼식장 회갑연 장례식장에 간다

정해놓은 마음이 없으니 못 갈 곳 없다
삶을 피우고 접는 곳 어디든 부르면 간다

마음을 사로잡는 꽃의 얼굴
부름에 따라 기쁨이 되고 슬픔이 된다

부름을 기다리며
꽃이 잠시 머무는 성스러운 곳

모래 알갱이처럼 서걱대는 세상에
고운 빛으로 다녀가시는가

향을 사르지 않아도 진동하는 향내
나는 탑돌이 하듯 꽃시장을 돈다

모질이 숲

제주 곶자왈에는 구멍투성이 바위가 산다

속이 비었다고 손가락질해도
갯벌처럼 구멍으로 숨이 드나들고
우둘투둘한 살갗 속으로 빗물이 지나가는 길을 내며 산다

— 못생긴 바위가 씨앗을 품었어
또르르 길을 찾고 있던 화산송이의 얼굴이
사춘기 소년처럼 붉어졌다

바위에 악착같이 뿌리를 내린 나무가 몸집을 불리고
거머리같이 달라붙은 덤불이 이리저리 길을 내며 산다

씨앗을 품은 대가로 무거운 짐을 이고 사는 모질이
힘겨워도 버티며 함께 산다고 푸석해진 몸을 다잡는다

번듯한 마을처럼 목을 비틀 줄
싹둑싹둑 자를 줄 모르고 어우렁더우렁
모질이도 버리지 못하는 모질이 숲

힘든 하루가 접히고 보름 달빛 휘영청

>

되는대로 얽어맨 덤불을 두른 나무가 달빛에 젖고
갈 길 잃은 바둑알 같은 자갈이 달을 졸졸 따라가는데

바위는 날이 새면 사라져 버릴 달빛을
구멍투성이 제 몸에 쉬지 않고 쟁이고 있다

이병연   공주 출생. 공주사대 국어교육과 졸업, 공주대 문학석사. 2016년
계간지『시세계』신인문학상 등단. 시집『꽃이 보이는 날』, 『적막
은 새로운 길을 낸다』, 『바위를 낚다』, 2021년 제16회 한국창작
문학상 대상 수상. 이메일 yeon0915@hanmail.net

우리 춤춰요 외 1편

이 순 화

쓸쓸하다는 말 대신에
사랑한다는 말 대신에
우리 춤춰요

그대를 멀리 두고 나는 여기서
스치는 바람과 춤춰요
떠도는 공기와 춤춰요

두 팔과 두 다리와 쓸쓸한 저녁과 춤춰요

찻잔과 연필과 식탁 위 시든
꽃잎과 나는 벌써 이렇게
취해 있는걸요
어둠이 발등을 두 무릎을 적시기 전에
또 하루가 저물어 서쪽
별들이 벼랑 끝으로 몰리기 전에
모든 추락하는 것에 손을 얹어
춤춰요

그대를 멀리 두고 나는 여기서
내 긴 머리칼과 하얀 두 손과
붉게 타오르는 저녁놀 굽이쳐 흐르는

산맥과
아득하게 떨어져 내리는 우주의
가난한 영혼과

사랑한다는 말 대신에
쓸쓸하다는 말 대신에
우리 춤춰요

별이 지고 별은 지고

누가 나를 여기다 가뒀을까

나는 독안 든 이, 같다

나는 어둠이 차오르는 독 안에 든 이다

나는 깊고 캄캄한 독 안에 갇혔다

누가 나를 여기다 가뒀을까

가끔씩 별이 떨어져 내리고

바람이 가만히 들숨 날숨을 쉬고

내 귀는 점점 예민해져

별들이 파르르 속눈썹을 떠는 소리

멀리 기울어져가는 옛집 감나무가

옴작옴작 발가락을 접었다 폈다하는 소리

>

새들이 붉은 발목을 접고 동쪽으로 나는지 북쪽으로 나
는지

눈을 감고도 다 내다보이는 여기는
천 길 깊고 깊은 독 안

텅,
천 개를 덮고 나는 독 안에 든 이

누가 이 비좁고 눅눅한 여기다 나를 가뒀을까

이순화   2013년 계간시전문지 『애지』로 등단. 시집 『우리는 저마다의 기
타줄』, 『그해 봄밤 덩굴 숲으로 갔다』, 『지나가지만 지나가지 않은
것들』. 이메일 01198571093@hanmail.net

3부

그런 집에서 외 1편

정 순 자

  꿀벌들이 낮에는 뒷마당에 핀 박꽃을 찾아 온종일 날아
다니는 그런 집에서 밤에는 초가지붕 위에 피어있는 달빛
보다 더 희고 보드라운 박꽃을 찾아 날아다니는 그런 집에
서 어머니와 할머니가 박을 타다 박속을 긁어 양념장에 찍
어 주면 날름날름 받아먹던 그런 집에서 호박단지 속의 호
박씨를 까먹으며 호박꽃처럼 활짝 웃던 그런 집에서 긴 겨
울밤 가을볕에 말린 호박고지로 만든 호박떡을 먹으며 아
홉 식구의 깔깔대는 소리가 희미한 등잔불을 보름달처럼
환하게 만들던 그런 집에서 바가지로 우물을 뜨면 하늘도
한 바가지 따라와 목을 축여주던 그런 집에서 나는 살았습
니다

입춘대길立春大吉

    배달시킨 적 없는 삼다수 4박스가 배달되었다 연유인즉
동생이 내 주소가 입력된 걸 모르고 쿠팡에 주문하였단다
그냥 언니 먹으라는 걸 나는 다시 보내주려고 조그만 구르
마에 싣고 우체국으로 향했는데 물 무게가 무거워 바퀴가
제대로 구르지 못하고 여기저기 처박다 끝내는 고장 나고
말았다 한 박스를 들고 나머진 간신히 끌고 우체국에 도착
하니 직원이 물값보다 택배 값이 더 나온다며 고장 난 구르
마를 보고는 구르마 한 대를 빌려주었다 구르마에 구르마
까지 싣고 돌아와 내 구르마는 분리수거대에 갖다 놓았다
구르마가 졸지에 이런 어처구니없는 일이 어딨느냐고 항변
하는 것 같아 발길이 무거웠다 일 마치고 돌아와 TV를 켜
니 코스피가 5000선을 넘었다고 난리다 삼전은 너무 오른
것 같아 다른 종목을 샀는데 그건 한없이 떨어지기만 했다
모로 던진 윷판인 줄 알았는데 어처구니없는 빽 도다

    이 어처구니들이 내게 다시는 오지 말라고 절에서 가져
온 입춘대길立春大吉을 현관문 앞에 크게 붙여 놓았다

정순자　2025년 『애지』로 등단.　시집 『식장산』.　이메일　j7877asdf@
naver.com

코인은 반쪽 얼굴만 보여주었어 외 1편

박 설 하

언니와 점점 멀어지는 중이었어

의자를 젖히며
소다수로 입술을 적셨어
톡 쏘는 토요일 너머로
옆얼굴들이 줄지어 지나갔어
스크린을 따라
오래전 죽은 초상화들이
동전의 반쪽 표정으로 굳어 있었어

조곤조곤 뒷면을 들춰내는
특별상연
고개를 조아리는 화가와
오똑한 콧대의 중세 귀족들
낯빛을 바꾸는 슬라이드들
부풀부풀 근대로 건너간다
흰 벽을 배경으로
현세적 옆얼굴로

자막이 휘어지는 대각선 앞자리의 내게
언니가 손짓을 한다
비어 있는 뒷자리로 오라고

>
우린 생각보다 가까웠나 봐
방금 딴 소다수 기포가
목구멍에 막 도달한 기분, 알 것 같지?

큐레이터 목소리가
한 컷 두 컷 이십일 세기를 넘기며
나긋나긋 흐르기 시작했어

백허그

잠들지 못했겠다
라디오 볼륨을 너무 높여서

집에선 아무 일도 일어나지 않았다
밤마실이 잦은 할머니 등에
업혀 다닌 심심한 밤은 두런두런
사립문을 흔들곤 했다
닳아빠진 숟가락으로 생무를 긁어먹는 게 고작인
몇 집 건너 숙이네 사랑방은
메주가 줄지어 매달려 있기도 했고
아랫목 발가락들이 쿰쿰 익어가기도 했다
베갯잇 봉황 깃털을 세다가
물러터진 홍시를 숟가락으로 찍어먹기도 했다
업힌 어깨 너머로
손톱달을 몰고 오던 밤들

당당한 할아버지는 작은할머니를 들였고
할머니는 밤마실을 들였다
나는 초저녁잠이 깊어서
한숨으로 굽은 등에 기대지 못했다

'별이 빛나는 밤에' 볼륨을 줄인다

물무늬 쉐타 속에서 할머니가 줄줄 흐르고 있다
긴 밤의 실타래를 올올 머금고

박설하 2022년 『애지』로 등단. 시집 『화요일의 목록』. 이메일 paae11@
daum.net

급여명세서 외 1편

허 이 서

김인숙 18이라는 제목으로 메일이 왔다

김인숙 18

회사생활에 요모조모 따지는 게,
아니면 이것저것 성가시게 굴어 요주의 인물이라는 낙인일까
담당 직원에게
무슨 뜻으로 18을 붙였냐 물으니
동명이인이 많아 명세서 순서상 18번째 김인숙이란다

그 흔한 김씨에
그 흔한 인숙

수많은 숙字의 시절엔 큰 인숙 작은 인숙 인숙3 인숙4와 더불어
성숙 현숙 말숙 영숙 경숙이 봄날 우후죽순 올라오는 쑥처럼 많았었지
그 많은 숙들. 회사에서 오래 버티지 못하고 그만둔 줄 알았는데
숙이 생명력 강한 쑥이었을까
인仁은 어질고 강한 여자들이라고

김인숙 18

너무 흔해서 이름 지어준 아버지를 원망하곤 했는데
나 말고도 19 20 21 22…. 숙들이 월급을 받는다는 걸 알고 나니
갑자기 먹먹해진다

블루 앤 블랙

사람에게는 누구나 절벽이 있다
아무리 오르려 해도 자꾸 미끄러지는
자신에게만 보이는 막막한 블루
모진 마음줄 붙들고 올랐다 하면
또 다른 모습으로 사방에 세워져
어쩌면 평생
그 누구도 허물 수 없는 블랙
마지막 순간까지 견디며
자신 보다 더 외롭게 울고 있을
사람에게는 누구나 절벽이 있다

허이서　이메일 glstnr0630@hanmail.net

한낮의 정사 외 1편

이 돈 형

단풍 들어 아무도 모르게 장태산에 들었더니 내내 엎어
져 있던 산이 바로 눕는다 무심한 척 아래부터 밟고 올라
가다 가을빛에 미끄러져 엎어졌다

중턱이었다

찬물에 말아먹는 밥

애인 없인 살아도
밥 없인 살 수 없는 이 굴종이 좋다

점심으로 싸 온 도시락을 풀어놓고 어떻게 먹으면 혼자
먹는 밥이 맛있을까 고민하다 찬물에 만다

말아먹는 일과는 근친이라 이제 신물 날 만도 한데
찬물을 부어 놓고 웃는다

말아먹는 것을 두고 오래 생각하지 않는 게 말아먹는 자
의 특권이라 이 밥은 간단해서 좋고 싱거워서 좋고 목 넘김
이 좋다

한때 애인을 말아먹고 미쳐 날뛰던 때도 떼지 못할 것 같
은 정이 금세 떨어져 나가고 종일 쏟던 눈물도 쉽게 싱거워
졌었다

물밥 한술 뜨고 계란말이 하나 입에 넣었는데 오늘따라
계란말이가 좀 짜다

뭐든 쉽게 말아먹는 사람인 줄 알고 간간하게 한 것 같아

>

피식,

웃음이 나왔다

이돈형 2012년 『애지』로 등단. 시집 『뒤돌아보는 사람은 모두 지나온 사
람』, 『우리는 낄낄거리다가』, 『나의 태몽은 나무랄 데가 없으니까
요』. 김만중문학상, 애지작품상, 선경문학상 수상.

맴놀이 외 1편

현 순 애

종이 울린다

그것은 소리가 아니라
비어 있던 시간의 떨림

나의 가장 안쪽이
타자의 진실과 잠시 겹치는 순간

이해가 아니라 공명이고
설득이 아니라 인정이다

깨달음의 떨림
존재가 존재를 알아보는 신호이다

종소리는 말을 갖지 않는다

공기를 흔들고 몸의 빈 곳을 찾아
스스로 길을 만든다

비움이 없으면
종은 소리를 잃고
마음은 감동을 잃는다

>
지금,
머리보다 가슴이 먼저 울린다
왜인지 모른 채
눈이 먼저 젖는다.

나무젓가락

같은 뿌리였을까
나란히 서 있는 그림자 같은
반쪽, 익숙한 살 내음
함께라는 안도감이 숲의 햇살처럼 다정하다

잘려나간 뿌리에서 새살 돋듯
푸른 숨 멎은 자리에
뜨거운 밥심 나르는,
두 세상을 잇는 다리로 식탁 위에 선다

어느 날 옆구리 파고드는
섬뜩한 톱날에
창백한 톱밥 먼지 사이로 날아갔을
새들의 비명
쪼개지면 쪼개질수록
옹이를 움켜쥐었다 놓았을 시간들

아픔이 아픔 동여맨 사이로
청아한 계곡물 소리
숲 깨우는 푸른 바람소리 빠져나가고
물관도 체관도 말라 퇴화된 감각들
홀쭉하게 야윈 긴 다리

>

함께 집어 올려
세상 살찌우고
한 번의 온기로 세상 떠나는 일
그 마지막은 매번 해탈이다.

현순애 충북 음성 출생. 2022년 『애지』로 등단. 시집 『붉은 광장이 소란
하다』. 이메일 saesop@daum.net

늙은 지게의 이바구 외 1편

김 행 석

근본 없는 내가 뭔 복을 타고났는지 주인어른 잘 만나 여태껏 호강하고 살았어. 나를 얼마나 애지중지하시는지 사립문 나설 때면 언제나 나를 업고 들로 산으로 시오리 읍내 장터로 세상 구경을 시켜 주셨지. 고양이 손도 빌린다는 농사철에도 모내기 벼 베기 한번 시키지 않고 미루나무 그늘에서 구경이나 하게 하시더라구

철나고 보니 뭔가 잘못된 게 있는 거 같았어. 나와 동갑내기인 큰아들에게는 가끔 꾸중도 하고 회초리로 종아리 때리는 걸 본 적도 있는데 이날 이때까지 나를 혼내신 적은 한 번도 없었거든. 그동안 나라고 잘못한 일이 왜 없었겠어. 더 이상했던 건 오뉴월 땡볕에 피사리하고 돌아와 우물물에 등목하고 대청마루에 큰대자로 누웠다가 시원한 열무국수 한 대접 먹으면 세상 부러울 게 없잖아. 그런데 헛간 기둥에 나만 덜렁 기대놓고 자기들끼리만 국수를 먹는 거 있지? 꼭 먹어야 맛은 아니지만 먹는 거 가지고 차별하는 거 같아서 서럽더라구

머리가 커갈수록 내가 밥값은 하고 있는지 모른다는 생각에 눈치가 보이고 등에 업힐 때마다 얼마나 맘이 불편했는지 몰라. 달 밝은 밤이거나 찬바람 불고 낙엽이 길을 잃고 헤매는 날이면 젊은 혈기에 별별 생각을 다 하면서 밤

을 새우곤 했는데, 이제 모두 지나간 일이야. 꼿꼿하던 주인어른 등 굽고 허리 아파서 더 이상 나를 업어줄 수 없게 되었거든. 말을 안 해서 그렇지 실은 나도 여기저기 안 아픈 데가 없다니까. 평생을 한뎃잠 자고 일 년 열두 달 밖에서 눈비를 맞았으니 제아무리 무쇠라 한들 온전할 리가 있겠어? 이제 나도 늙었나 봐

내가 일자무식이지만 더 늦기 전에 서운했던 거 궁금했던 거 모두 풀고 잊기로 했어. 얼마 전 주인어른 웃통 벗고 등목할 때 보았거든. 그 넓고 두툼하던 등짝 어디 가고 늙은 소나무 껍질 덕지덕지 박혀 있더라구. 그건 다 나 때문이야. 내가 힘들 때면 어리광 부리듯 주인어른 등짝을 꾹꾹 눌러댔거든

요즘 주인어른 표정이 어두워서 걱정이야. 서울서 큰 회사 다니는 사람들은 모두 잘 먹고 잘 사는 줄 알았더니 그게 아니더라구. 거기는 일등만 살아남는 정글과 똑같대. 으리으리한 빌딩에서 삐까번쩍하는 사람들과 어울리고 빵빵하게 연봉 받으면 최고일 거 같은데 그게 아니래. 선후배도 없고 모두가 적과 같아서 자나깨나 불안하고 외롭대. 돈 있으면 그만이지 뭐가 걱정이냐고 하겠지만 불안하고 외로운 것이 춥고 배고픈 거보다 더 아플지도 모른다고 하더라

구. 부럽기만 하던 큰아들이 안 돼 보이고 은근히 내 팔자가 상팔자라는 생각이 드는 거 있지

세상에 완벽한 게 어디 있겠나. 아침마다 뜨는 해도 그 자리가 매일 변하고, 밤하늘 달도 커졌다가 작아졌다가 몸부림을 치잖아. 세상 법이란 것도 어제까지는 옳다던 것이 오늘은 그르다고 난리고, 내 속에 있는 내 마음도 이유 없이 아침 다르고 저녁 다른 걸 보면

지구란 녀석이 23.5도 삐딱하게 돌고 있어서 그런가 봐

아무튼, 근본 없고 일자무식인 내가 이날 이때까지 험한 꼴 안 당하고 평생 주인어른 등에 업혀 살았으니, 복을 덩굴째 끌어안고 살았지 싶어

모란꽃

얼굴 큰 여자에 반해
붉은 피 듬뿍 찍어
화선지 흠뻑 적시니

그 여잔 어디 가고
숫처녀 눈밭에 불이 났어요

진초록 잎새 급히 깨워
들러리 세웠더니

뜨겁던 손 숨 고르는 사이
떠났던 그 여자
사립문 열고 웃고 있네요

김행석   2021년 봄호 『애지』로 등단. 이메일 hanbada51@hanmail.net

정답을 몰라 외 1편

박 정 란

굵고 짧게
가늘고 길게
어떤 삶이 행복할까?
내게 묻던 중년의 사내

딸보다 더 어린 늘씬한 여자랑
시도 때도 없이 실실 웃음 감추며
눈총 피해가며 굵게 사나 했더니
처가 살리랴 여자 꾸미랴
몇 해 지나 많던 재산 다 날리고
집안 가득 평생 모은
자식보다 더 아끼던 수석들까지
한 날, 모조리 실려 나갔다더니

겨우 육십 나이에
먼 길 떠나기 하루 전날
외면했던 친구들 생뚱맞게 불러
뜨신 국밥 한 그릇씩 안겼다더니
썰렁한 장례식장으로 모두 불러들였지

네모난 사진틀 안에서
미소도 감정도 없이
쓸쓸히 바라보던 그 눈빛의 사내

어떤 슬픔

구절초 꽃구경 가는 날
얼굴이 까만 남자 꽁무니에 바싹 붙어
하얀 피부 해맑게 웃던 여자
한 가정 비집고 들어와
고개 숙이며 목소리 없이 살던 여자

그 남자 택한 뒤로
형제자매 혈육들 소식 모두 끊겼다더니

겨우 육십도 안 된 나이에
올해 들어 가장 춥다던 날
무연고자 명패 달고
한 줌 재가 되어
부처님 품으로 가버렸다네

추위를 더는 버티기 힘들었구나
아린 향기만 남기고 떠난
해맑고 곱던 구절초 한 송이

박정란　공주출생. 2022년『애지』로 등단. 수필집『엄마와 걷던 길』,『짧은 시간 긴 여행』,『월반하세요』등. 이메일 rans5252@hanmail.net

보리밭에서 외 1편

한 성 환

나 살던 소금새 외딴집
넓은 들판 사이
올망졸망 초가집 네 채가
기와집 한 채를 뒤로 하고
정겹게 앉아 있다

초가에 가난뱅이들이 살고
기와집은 그래도 살 만한 집
그중 맨 앞집
동네에서 제일 가난한 집
우리 남매 탯줄이 묻힌 곳
고지* 대장인 아버지는
앞날이 오직
자식들에게 달렸다며
거친 들일을 마다하지 않았다

오 학년 속 깊은 누이가
종일 품팔이 간 부모 걱정에
우리 보리 우리가 베자며
일 학년 철부지를 달래고,
오뉴월 뙤약볕 아래
고된 시간은 마디마디 굳어

몸으로 더디 흘렀다.

* 논 마지기 단위로 모내기부터 김매기까지 맡는 품삯 노동

반야산 산책로

아파트 뒷길
사람도 비켜가는 시간
나는 산길에 안긴다
숲이 먼저 다가와
말없이 등을 내준다

해 뜨고 지는
여린 빛 사이에서
계절은 잠시
숨을 고른다

벚꽃이 물러나면
녹음은 품을 넓히고
소나기 지난 여름
젖은 숨으로
나를 맞는다

잎은 떨어져 길이 되고
눈 내린 하얀 아침
첫 발을 기다리는 자리
강아지 발자국 하나
나는 다시 아이가 된다

>
자연은 늘
먼저 품을 연다
말하지 않아도
이 길은 나를
감싸 안는다.

한성환 한국방송통신대학교대학원 문예창작콘텐츠학과 졸업. 시집 『한
    로 민들레』. 2025년 봄 애지신인문학상 시부문 수상. 논산문화
    원, 비단강문학회, 논산문인협회, 애지문학회, 소금꽃詩문학회,
    한국문인협회 충남지회 활동. 이메일 hsw0538@hanmail.net

홍어 외 1편

현 상 연

바다에 납작 엎드려 살던 물고기 한 마리
숙성되길 기다리던 고통의 순간
어둡던 항아리 속
그 세월을 나는 대신해주거나 읽어주지 못했다
홀로 붉디붉은 상처를 어루만지며
냄새가 자라는 동안
바다는 제 안의 상처를 키웠는지
파도는 힘없이 출렁였고
어쩌다 상처를 건드리면 내부에서
썩어 문드러진 냄새가 풀썩 풍겨지곤 했다
그때마다 진동하는 푸념이
코끝을 톡 쏘았다
지느러미 한 번 활짝 펴지 못하던 그녀
무슨 생각으로 그 밑바닥을 기어 다닌 걸까
만만한 게 홍어 좆이라고
언젠가 지아비 추모관에서
제주 한 잔에
트롯 한 자락 매콤하게 불러 제끼던
설움에 삭혀진 뻥 뚫린 노랫가락

엄마는 한 마리 홍어였다

버드 스트라이크

철새의 이동 횟수가 잦아지는 봄
새는 흔적 없는 허공에서 분주하다

낮은 고도에 새와 비행기 경로가 겹쳐지고
겁 없이 날아든 새 한 마리
차가운 기계음과 함께
동체에 묻어난 혈흔
붉은 노을에 젖은 발자국이 선명하다
그때 비행기 한쪽 날개도 잠시 기우뚱했는지
활주로 근처 새들의 주검이 널려있다

새들에게 계절은 불시착의 꿈이었을까
여전히 속도를 놓치지 않는 새들
계절을 가로지르며
한 줄 노을을 잡아챈다

이륙을 서두르는 사이
돌아 갈 꿈이 사라진 수많은 철새들
새들은 비행이 두렵다

현상연 2017년 등단. 시집『가마우지 달빛을 낚다』,『울음, 태우다』. 이
    메일 hyusykr@hanmail.net

낚싯줄에 낚였어요 외 1편

김 재 언

산딸기에 낚여 허둥지둥 끌려간 들지마숲
잔가시가 종아리를 낚시질한다

낚시채비에 걸려 빠져나갈 수 없는 손바닥
수북이 쌓인 부추김이다

누가 누구를 당기는지

초록 찌에 묻힌 함정일까
요염한 산딸기 손맛 팽팽하다

가시 돋친 목소리로 참견하는 새들이
붉은 옆구리 들여다 본다

손 놓으면
붉게 붉게 허물어질 텐데
떼어낼 때마다 맹렬하게 부르짖는 아우성
여기 앗, 저기 앗
털어 넣기도 아까운 한 움큼이
쏙쏙 빠져나온다

덤불에 묻혀

물살의 잔가시 뚫고 나오는 들지마숲

단서 줍기

툭!
잘 익은 플럼코트 깨무는데
젖니 뺄 때
손바닥이 정수리 치던 소리

피범벅이 된 살구를 뱉는다
손바닥에 나뒹구는 조각

헤어질 마음 둔 적 없는데
홀연히 그가 떠난 허방

오래 감싼 마음의 틈새를
노란 씨가 앞당겨 버렸을까

여물지 못한 끄트머리
물결의 금을 저 혼자 긋고 있었을 텐데

질기고 딱딱한 기억 한 페이지
넘길 때마다 불러와 짓이겼을

함께 가는 길은
지름을 가르는 게 아니라고

>
송곳니에 묻어난 붉은 파문
손팻말로 단서를 줍는다

무엇이든 냉큼 들였던 혀가
지키지 못한 입술만 훑고

김재언　2021년 『애지』로 등단. 시집 『꽃의 속도』. 2024년 제1회 청도
문학 작품상 수상. 한국문인협회 밀양지부 회장 역임. 이메일
jum1958@hanmail.net

애기아빠 외 1편

전 은 겸

신자로 만나 이웃 오빠 같은
꽃게를 좋아하는 신부와 대천에 왔다
하늘은 높고 전통시장에는 물고기가 여기저기
주인공처럼 퍼덕거린다

대하 전어 꽃게 봉지 들고 간 식당에서
상차림을 기다리고 있는데
군밤을 맛보라는 여자
신부에게 애기아빠라며 건넨다

동남아가 분명하다
말도 어눌하고 애기아빠라니
호칭이 반찬이 되어
한 상 가득 웃음꽃이 터지고
신부는 배춧잎 두 장을 내민다

군밤 가지러 간 군밤 장사
고향 간 줄 알았다

대하가 제일 먼저 나타나 불판에서
몸 뒤틀며 빨갛게 춤추고
시간에 시간을 더하니 엑스트라 군밤이 나타나고

>
애기아빠가 된 신부님
할아버지라고 했으면 안 샀고
총각이라고 했으면 더 샀을거란다

애기아빠 다음에
또 만나요

도끼질

고향 친구 제향은
유일하게 고향을 떠나지 않은 친구다

프로 농사꾼이 다 되어
얼굴도 땅을 닮아가고
남편보다 동작이 빠르다

겨울 준비를 위해
통나무 자르고 옆으로 오이 썰듯 도끼질로
장작 수북이 쌓아 놓은 게 예술인 제향이

나도 해보겠다고
통나무 세워놓고 도끼로 내리치자
통나무가 비웃듯 떼구루루 굴러간다

도끼 탓인지 통나무 탓인지 이빨도 안 들어간다
이빨 안 들어가기가 한 이불 덮고 사는 사람과 똑같다

갓 시집온 나에게 출가외인 네 글자를 내밀 때
쪼개버렸어야 했는데 AI 시대에
아직도 통나무 같은 사람과
한집에 살고 있다

>
제향아
도끼질 좀 잘하게 가르쳐주라

전은겸　충북 음성 출생. 2025년『애지』로 등단. 시집『내 안의 민달팽이』
(대전문화재단 수혜). 상담심리 전공. 전 과학교사, 현 시낭송가.
이메일 seaseao@naver.com

모네의 풍경 외 1편

홍 정 미

오늘 달이 물 먹었네
비가 올 거야

달이 구름을 두르고 있다 강은 조용히 입을 벌리고 하늘을 삼켰다 순간, 위와 아래의 경계가 흐려졌다 물가에 서서 내 마음이 어디쯤 잠겨 있는지 가름해 보았다 생각은 가라앉고 감정만 둥글게 떠올랐다

달은 천천히 물을 먹고 하늘은 내 안에 둥글게 고여 있었다 풍경이 무게를 견디지 못하고 아래로 아래로 가라앉더니 경계를 허물며 하늘은 물색으로, 물은 달의 색으로 물들었다

달이 물을 먹는 순간 하늘이 내려와 자기 그림자를 보고 있다 나는 그 사이에 멈추고, 어둠은 계속 밤을 덧칠하는 중이다 밤에서 퍼낸 풍경화는 몇 개의 선이 뒤틀리고, 서로 가로지르고 있다

어머니의 달은 늘 고단했다 밭에는 뽑고 돌아서면 또 자라 아우성치는 풀이 있었고 어머니를 살고 싶지 않게 만드는 아버지가 있었다 어머니의 달은 울지도 못하고 흘러내리지도 못한 말로 가득 차 있었다 달을 보며 견딘 시간들, 달

이 물을 먹었어, 그 말은 깊은 곳에 잠들어 있던 내 그늘
을 비추었다 길을 따라 내려가니 보들레르가 보였다 거대
한 날개로 걷지도 못하고 비틀거리는 알바트로스, 아무것
도 바꿀 수 없는 별들이 보였다

　오늘, 달이 물을 먹었다
　구름과 강과 말하지 못한 생각들을 삼키며
　자기 무게를 견디고 있다

이순耳順

노을을 그렸어
붉은 물감을 칠하자 새가 날개를 적시며 바다를 달렸어
바다를 그리자 파도가 지워졌어

다정한 이름을 그렸어 이름을 그리자 당신의 얼굴이 지
워졌어 다시 당신 그림자를 그렸어 그림자는 언제나 햇빛이
닿지 않는 벼랑 끝에서 끊어졌어 빛 속에 가라앉지도 않고
비단 옷에 갇히지도 않고 자유롭게 멈추었다가 다시 움직
였어 백만 개의 화살이 당신을 찌르는 모습을 그렸어 고통
속에서 당신은 낮게 웃었어 돌들이 따라 웃었어 파도를 그
리자 바다가 비명을 지르며 사라졌어 조금만 선을 잘못 그
어도 새들은 계절 밖으로 추락했어 보내고 싶지 않아 주황
을 덧칠할수록, 겨울이 한꺼번에 타올랐어

이제 바람 소리보다 노을이 번지는 소리가 더 크게 들려
세상의 소란으로 뒤숭숭한 당신, 영원히 꺼지지 않은 햇빛
하나를 그렸어 저무는 게 아니라 하늘 전체를 당신 색깔로
물들이는 중이라고 중얼거렸어

어둠이 당신을 덮으려 할 때마다 더 큰 하늘을 그리며
새를 밀어냈어 구도 밖으로 당신이 걸어 나왔어 노을 속엔
아직 당신이 그리지 못한 그림들이 있어 이 뜨거운 색채가

식기 전, 당신은 이젤 안으로 한 발짝 들어갈 거야

  당신이 그린 노을 속,
  길은 언제나 계속되니까

홍정미　2024년 『애지』 가을호로 등단. 2025년 시삶문학상 수상. 이메일
mrilke@hanmail.net

트라이엑스 400* 외 1편

김 정 웅

기억의 소멸만큼 부풀던 여름날 같은
하얀 구름이 번지는 겨울날

눈앞에서는 연로한 바리스타가 휘핑을 치대고
그러니까 구름을 만드는 소리가 들리고
구름처럼 보이고

킷사텐**의 노오란 무드 등 아래
이국인의 등에는 비늘이 돋는다

철썩이는 조류가 흐르는
유구한 역사를 자랑하는 커피숍에서
영원이라는 말, 헤엄치는 법을 모르면
영원히 버티지 못할 거라는 걸 알았다

한때는 스스로 갇혀 보기도 했다
기다리면 해제되는 기분을 느낄 것만 같아서
까만 필름 통 안에서 출구를 모르는 가늘고 긴 여행

밤이 긴 계절 동안 실비아 플라스를 읽었다고 했지
책이 아니라 작가를 읽고 있다는 말
머리를 지나 손으로 떠난 문장은
또 다른 너로 보일까 두렵다고도 했지

>

현상이라는 건 아마도
봉인된 빛을 살려내는 작업
고백에도 잔상이 남아있다면
기형적인 해석은 금기

빛이 새는 일은 암실에서야 눈치채듯이
우리가 지나쳐 간 잉여의 순간들
서로의 시간이 만나는 지점에서
미처 빛을 보지 못한 결연한 틈

당신의 과거에는 긴 장마가 들었었나요?
가끔 흐렸습니까? 어두워지면 늘 용감해집니까?
해를 마주 보면 안 된다고 했지만
용감하게 역광을 무시했던 시절

어두운 흑백 사진에는
해를 등지는 사람과 셔터를 누르는 사람이
서로를 몰라보고 상냥하게 스쳐가고 있었다

현란한 색으로 감춰진 세상에서 어둠 속의
빛만을 불편하게 찾아내는 일
우리에게 주어진 서른여섯 번만의 온화한 시도

>
빛이 드는 걸 거부하는 지느러미 없이 표류하는 암실
착각의 빛은 허락 없이 드나들기 쉬운

크림 커피가 서서히 가라앉는다
찰칵찰칵
뭉근한 벚꽃들이 유영하는 까만 필름 통

개봉 안 한 필름은 여태 생존하지만
너는 오래전 그 안에서 한 번 죽었었다
굳이 비문처럼 이름과 생시는 적지 않았다

두 사람이 한 사람으로 찍히는 기적은
우리가 함께 세던 서른여섯 번까지는
일어나지 않았다

아직 인화되지 않은
봉인될수록 견고해지는
어떤 악의도 없는 틈

* 코닥사의 흑백 필름.

** 일본 전통 다방.

바다 생존 수영

분명 겨울에 서 있었다
겨울이 바다 위에 서 있었다
대답이 없는 겨울에 대고 겨울이 아니라고
쏟아내는 차가운 말들이
여름의 얼굴에 펑펑 내리고 있었다

낮과 밤의 길이가 뒤바뀌면
원만한 합의가 저녁을 편안하게 잠들게 해
삭지 않는 달 따위는 없잖아

잘린 발목이 더는 밤을 두려워하지 않는다고
얼굴을 감추며 속삭이는 사람들의 목소리는
수상한 방향에서 길을 잃고

"모두 구령을 따르세요"
"그냥 발을 내디뎌 어서!"

누가 먼저 외쳤는지 모르지만
하마터면 추락할 뻔한 안심마저도
해안 절벽 안으로 가두어 두자

천국행을 얻기 위한 기도는 누가 처음했던가

플랫폼에도 없는 종착역 티켓을 구입해 본 적이 있던가

구원을 받고 싶은 자 먼저 손목을 내놓고
온전한 손을 번쩍 드시오

하찮은 그들의 소망도 점점 작아져
타락한 신이라도 계신다면 알아주시길
이미 잘린 발목이라도 기꺼이 내놓겠나이다

투명한 유리병 안에 갇혀
벌컥 쏟아지지 못한 우리는 항상 표류하는 파본이었다
속속들이 바깥으로 비치는 굴절된 기분으로

스스로 실종시킨 이름을 부르지 않기로 했다
겨울을 기억하려고 여름의 끝을 잡지 않기로도 했었다

그나마 여름이 생존하는 바다로 가는 길목에서 만난 건
세기말 계절을 넘겨 남겨진 잔향의 떨림

누가 흘린 여진이었던가
여전히 흔들리는 지구 안에서
한 번도 확고한 적 없던

>
명분 없이 붙잡을 수 있는
단 하나는 숨길 수 없는 죄스러움

오늘은 중력이 더 흔들려
내일은 뜨거운 폭설이 내리고 말 거야

바다에 떠다니는 무수한
손목
발목이
숨을 수는 없어도, 온몸으로 찬란하게

김정웅   2019년 『애지』로 등단. 이메일 dentblind07@hanmail.net

잠행 외 1편

황 순 각

매일 쳐다보지만
가슴 속 안부를 궁금해 하진 않았어

일상의 뒷면은 원래 이런 건데
목소리가 소리를 지우고 잠잠해지는 거
설렘은 시들어 후두둑 떨어지는 거

위로만 솟구치는 열불은 끌어내려 채를 친 후
보자기에 싸들고 으슥한 데 파묻고 왔지

사람들이 의아해하긴 했어
어디를 저리 자박자박 다녀오는지

처음부터 남편의 의자에는
초보 엄마의 갈팡질팡이나
생활로 꾸덕꾸덕해진 아내의 꿈같은 게
앉을 자리가 없더라고

그래서 마음을 썰어내기 시작했지
비우기 위해 한 번, 덜어내기 위해 두 번
달라질 거라 우기기 위해 세 번
징하게 썰고 써는 사이

옆에 의자가 흔들리고 자리가 생기더라

별로 오래 걸리진 않았어
40년 밖에

겨울 공원 사용법

주인이 원반을 던지며 물어오라 할 때
모범적인 개로서 골든리트리버는 달려갔다
겨울이 쩍쩍 갈라지도록

공원에는 이 놀이를 하는 사람들과 다른 개들이 있지만
이 놀이에 열중하는 이유, 알 수 없다
연신 즐거운 척 살랑거리는 꼬리로
고민거리는 겨울 잔디처럼 푸석푸석 털어 낼 뿐

몇 번쯤 반복했을까
주인의 애정을 목줄에 묶어놓기 위해
놀이에 심혈을 기울이던 개

이유를 알 수 없이 반복되는 몸짓에 스멀거리는 공허
물어뜯을 듯 짖어 보지만
주인은 내일도 이 공원에 올 것이다

어떤 여자가 유모차를 밀고 지나간다
아니 개모차다

저출산이 한숨을 길게 내쉬고 있는데
방글거리는 아기 얼굴까지는 아니더라도

버석버석 윤기 빠진 털이라니

연로 우대받는 푸들은
인구 절벽 수치에 기여한 자신이 흐뭇한지
개모차에 당당히 앉아있다

황순각 2023년 『시조문학』 신인상 시조등단. 2024년 『애지』 신인상 시
등단. 시조집 『초록이 만발하던 날에』(영문번역수록). 이메일
lalisoon@daum.net

4부

풀렸다 외 1편

이 미 순

기온이 쑥 내려간 아침

내 앞을 스치던 검은 자동차
우회전하다 멈추고
뒷바퀴 사이로 목줄을 끌며
흑구가 걸어 나온다

그 까만 털 위로 떨어지는 햇살
풀린 목줄이 그 빛을 끌고 간다

어제저녁이 떠올랐다
운동 마치고 오는 길
후드 모자를 눌러쓰는 령아에게 물었다

춥니?
머리 잘라서 그래
늘 묶고 다녔잖아
머리 잘라서 그래

조금만 자른다던 머리가 어깨에 멈춰 있었다
내 말 한마디가 속을 긁었을까

>
끌리는 신발 소리가
목줄처럼 들렸다
말없이 팔짱도 뺐다

머리 길이가 짧아 추운거구나
그 말이면 충분한데

아침까지 말없이 나온 길
풀린 고삐를 달고
바닥을 연신 맡아보는 흑구를 보며
내 심사부터 푼다

뒤돌아보니
철쭉꽃 진 냄새도 맡고
남천의 붉은 열매도 훑으며 걸어가는
풀린 개의 목줄이

내 말의 고삐보다
한결 가볍다

읍과 읊

나는 時時한 詩에 꽂혀 산다

그를 보았다

회색 점퍼 하나로 계절을 버티던 그가
시詩도 아닌 내게 특이한 인사를 한다

전하!
바람처럼 나타나, 한쪽 무릎을 접고
궁궐의 예법으로 읍한다

그의 목소리는 오래된 종소리 같고
내 심장은 순간 제 박자를 잃었다

미美친 시인인가
궁궐을 잃어버린 호위무사인가

저만치서 걸어오면 나는 재빨리 다른 길로 되돌지만
그는 나를 읍하고 나는 그를 읊는다

혹 지나간 한 해의 끝에서
눈빛 맑아진 그와 스쳤고

맞은편에서 걸어오던 그는 고갤 숙인다

전생에 그와는 무엇이었을까
궁궐 담장 넘어 나를 지키던 그림자였을까

이름도 없고 관계도 없지만
나는 그를 읊고 그는 나를 읍한다

그가 읍할 때마다
나는 나로 돌아온다

미친 시인의 눈빛인가
잊어버린 호위의 그림자인가

이미순 2022년 『애지』로 등단. 시집 『나는 날마다 두 개의 자화상을 그
린다』(2025). 이메일 lmssun9898@daum.net

환대 외 1편

황금 비

'날 좀 보소'
지렁이에 눈길 쏟는다

일어설 줄 모르는 꼬리와
마주친 담장 너머
땡볕 위로 녹아내리는 땡볕에
흔들리는 아우성이 말라간다

다가선 눈길
풀숲으로 밀어 넣어도
접힌 풀줄기에
늘어뜨린 한치의 고요
흔들림 없는 염천을 열어젖힌다

분홍 그늘을 주저앉힌
이어갈 수 없는 환대가
미동 없이 돌아가고

'아라리가 났네'
애면글면
통하지 못한 섭리를 따라
발밤발밤 낮달이
맞출 수 없는 나비로 이울어간다

카론의 동전

보이는 게 전부는 아니다

먼저 와 있다는 걸 알았으니까
떨리는 손으로도
화촉은 흔들리지 않았어

잘 다녀갔는지
빈자리가 없어서
가버린 건 아니겠지

신랑 신부가 맞잡은 손이
터트리는 다이너마이트 봤어?
쏟아지는 갈채가
객석에서 폭발했잖아

카론의 동전이
내 눈물 속으로 뛰어들어서일까
레드 카펫을 행진하는 당신을
보지 못했어

오래전 파문은 주저앉지 않았어

황금비　2025년 『애지』로 등단. 도시락挑詩樂동인. 이메일　goldb3004@ naver.com

한恨의 꽃과 열매 외 1편

김 용 칠

한없는 고요
너는 한이 없는 고요속의 진실을 아느뇨

한없는 고요속의 못다한 한恨
그동안 뒤꼍에서 묶인채
묵어져만 가고 있었지

그 한恨이 맺히고 맺혀
몽글몽글 덩어리가 되어
신문명新文明의 사명을 가진 새생명을
출산하는 시간을 맞이하고

한恨맺힌 수많은 주검은
신문명新文明을 낳기 위한 자양분이 되어
헐벗게 된 지금의 정신문명精神文明을
이제 새세상 새생명의 문명을 낳아야 하는 시간을 맞이
하고 있다네

한恨은 신문명新文明의 어버이
신문명新文明은 한恨의 지문指紋

그 한恨이 꽃을 피워 이제 열매를 탄생하려 하네

>
그 사실을

아무도 모르는 사이에

시인詩人은 그 한恨의 열매를 맺기 위해

이제 싹을 틔울 준비를
마치게 되는 순간을 맞이하기 위해

시인 인생을 걸고
시의 파도를 타고
시대를 넘실넘실
때로는 어머니의 손길처럼 사알갑게
때로는 폭풍앞의 맨몸으로 부딪치며
넘어 왔다네

이제 님을 만나

함께 한恨의 꽃을 피워야 하는 시간

　백두대간 옥색 하늘빛을 담은 옹달샘과도 같은 맑은 정
신을 바탕으로

＞
　이 세상 모든 만물을 키워내는 거룩한 선善을 향한 어머
니 땅의 덕성과

　천지의 참열매인 시인詩人의 아름다운 노래를 새로운 세
상을 위해 펼쳐야 하는 시간

　영혼을 탄탄하게 살찌워
　절대적이며 영원할 한恨의 열매노래를

　이 삼계 대우주에 널리 널리 부르게 하리라

여우전설

어린아이 솜털 머금은 여리고 순한 양은
큐피드화살 콩깍지 단단히 씌어
방탄복 나일론 같이 모질고 기센 여우가 이상형이었어요

새침데기 여우 다가와 꿀 바른 입으로
살을 후벼 파는 고통의 고질병을 제발 고쳐달라고
간절하게 두 손 모아 싹싹 비비며 애원했지요

편작과 비견되는 양의 뛰어난 치유능력으로
여우는 고질병이 씻은 듯 나아서 닭똥 같은 눈물 흘리며
나와 함께 살아 달라 하소연 백년해로 천지서원 후 함께
살게 되었는데

여우가족들은 하나같이 고질병을 앓고 있어
천사 양은 아무런 대가 없이 엄마여우와 그 가족들 위해
여러 달 밤새워 병 치유해 주었어요

그래요 새로운 삶을 탄생케 한 생명의 은인이 된 거죠

그렇게 빛의 속도로 흘러간 10여 년의 주마등 세월

양의 정기를 달콤하게 빼먹고 나르시시즘에 취하여

순결둔갑 옷을 입은 여우가 그만 숫여우를 만나
아이코 바람이 났네 그러면 그렇지
드디어 아홉 꼬리가 대명천지에 드러나는 구나

뒷간 갈 적 맘 다르고 올 적 맘 다른 여우
백년해로 천지약속 헌신짝으로 버리고

결국 오월춘추 서시로 다가와 동시 아니 똥시가 된 여우

요즈음 양의 식스센스 섬찟섬찟 오한 전율의 이유가
여우 때문이라는 걸 알고는

너무 기가 막혀 큐피드화살 부러트렸으나
가슴을 할퀴고 후벼 파는 철근 박힌 콘크리트 멍울이
재생의 은혜를 던져버린 배은망덕 요망함의 독침에 찔려
커져만 가고

철저히 씹어 먹힌 삶이 한의 덩어리 맺어 천지에 퍼져나
가니
어찌 오뉴월에 서리가 맺지 않으리오

어느새 춘풍을 몰고 온 봄비가 내리고

화기를 품은 진달래 개나리 벚꽃물결 출렁이고
꽃비가 봄 향기를 타고 내리는 봄기운 완연하건만

양의 마음은 추풍낙엽처럼 바닥에 패대기쳐지고
차디찬 한의 얼음 속에 갇혀 녹지 않는 울음비 흘리며
한 겨울 속 세한도의 고목되어 떨고 있구나

김용칠   본명 김용만. 청주출생. ㈜케이티앤지 근무(前). ㈜케이티앤지 인
문학 강사, 문학의숲 사무국장 및 감사 역임. 한국신문학인협회
전북지회 편집위원. 2024년 애지 신인문학상 수상. 청주시인협
회 회원. 이메일 goldface21c@naver.com

여전히 복숭아밭 외 1편

배 옥 주

꿈을 꾸면 복숭아밭
그곳에는 한 쌍의 남녀가 가까이 있었고
복숭아가 붉게 익어 있었다

그때의 복숭아밭
남자는 여자를 보고 있고 여자는 복숭아를 보고 있었고
나는 여자를 보고 있고

그때는 복숭아밭
가까이 세 사람이 서 있었고 남자는 여자를 보고 있고
여자는 복숭아를 보고 있고 나는
여자를 보고 지금 또 보고

모두의 배경이 된 복숭아 가지에
동그랗고 발그레한 관계들
그림자로 매달려서

복숭아 가지를 잡아당기는 남자의 한 손
가지째 꺾어 줄까 그냥 둘까
망설이는 마음을 훔쳐 보고 말았는데

그때는 온통 복숭아여야 하지

손바닥의 온기가 복숭아 껍질에 엉겨 붙고

그때는 빨강
한 사람을 물들이는 색깔
세 사람이 문득
복숭아밭을 걷는 색깔

나뭇가지 사이로
아주 잠깐 그때의 하늘이 보이고
빨강을 대신할 파랑은
여전히 가능하고

공기

그렇게 딱딱한 줄 몰랐어
굶주린 사람이 머리맡에 와서
낯선 내 이름을 외우다 가고

경쾌한 음역대를 가진 그가
쇠박새가 아니길
가만히 땅을 두드린다

발자국 소리에
깨지지 않는다는
새 짖는 소리가 깨졌다
서너 번 울음을 꺾은 바닥이
민첩한 비명을 끌어모아 제자리로 돌아가고

바닥과 돌과 새가
짚을 벽을 찾다 엎어지고
씨앗만 먹고 산다는 육식 동물의 후사는
담을 공기가 없어
삶은 고구마 같은 식물성으로 태어났다

바닥에 떨어진 물 한 컵은
좁쌀 한 톨 밀어 올릴 부력을 가지기를

물바닥이 그렇게 시끄러운 줄 몰랐어

일격의 근심은
속빈 공기만큼 쓸모없는 것이어서

배옥주 2008년『서정시학』으로 시 등단. 2022년『애지』로 평론 등단. 부
경대학교 연구교수, 부경대학교 문학박사. 시집『오후의 지퍼들』,
『The 빨강』,『리을리을』(문학나눔 우수도서 선정). 연구서『이형
기 시 이미지와 표상 공간』. 평론집『언어의 가면』. 애지 비평문
학상, 요산창작지원금 수혜. 김민부 문학상, 두레 문학상 수상.
『애지』편집위원. 이메일 beaokju@hanmail.net

싱잉볼 외 1 편

강 수 정

고산의 수행자들은 사랑을 알까요

소녀의 살결은 히말라야 눈물을 닮았습니다
흘러내린 눈瀑에 서두름을 더해서 만든 야룽강
느림을 닮은 메아리는 작은 섬 둘레를 감싸고 있습니다

티벳여우를 유혹한 쥐토끼의 표정에도 머리는 꼿꼿하게
그녀의 앳된 미소에는 차가운 나와 따뜻해질 네가 흘러
나옵니다

야칭스* 언덕에 가난한 바람이 불어오고
처음 맞이하는 가부좌가 명상처럼 아침에 눈을 뜹니다

들꽃의 재잘거림이 흙먼지를 뚫고 큰 사원에 도착하면
삶의 끝을 감당했던 링거를 꽂은 팔뚝들이 분주히 맞이
합니다

섬 속에 가둔 앳됀 자유가 사다리를 타고 고산의 구름이
되고
검은 연기 속 폐부를 지난 흰 연기가 지구를 데우는 중
입니다

\>

고산의 수행자들은 사랑을 할까요

붉은 가사를 입은 맨발의 뒤꿈치에 6월의 눈이 쌓이고
여러 해 묵혀둔 번데기의 외피가 단단해지면
자랑처럼 펼친 그녀의 날개는 하늘 가까이 날아오를 겁
니다

* 동티베트 지역인 중국 쓰촨성 간쯔짱족자치주 바이위白玉현 고산지대
  에 조성된 티베트 닝마파 승려들의 수행처.

사도

이 영화를 보고 눈물을 쏟을 이유는 없다고 해줘
못할 말도 없지만 해야 할 의무는 한가득 쌓여있어

앞으로

예법을 강조하는 의무 따윈 단종시켜 버리자
기망은 인정에 올라탄 포기가 될 수도 있잖아

부자유친

코코아와 정종은 뜨거울수록 좋아
외투를 걸친 뒤주는 여름이었을까 겨울이었을까

정답이 어렵다면 오답을 찾아봐
저잣거리 소문들은 오필리어의 정조를 추앙하지만 그녀
의 순종이 미덕은 아니잖아

시간에 자물쇠를 풀고
절구에 본능을 빻아 진미를 헌상했다면
기미상궁의 입속으로 본능의 실타래가 스멀스멀 전해졌
을까

>
　　소극적으로 해석한 문제 풀이는 오답이 많아 신뢰도에
경종을 울리지
　　하찮은 단어가 금기시될수록 빗장 풀린 전통성

　　이건 나랏일이 아니야 이씨네 집안일이잖아

강수정　2025년 『애지』 신인문학상 등단. 풀꽃시문학회 회원. 이메일
sigolzib@naver.com

이너피스 외 1 편

이 두 예

아침에 소나기 다녀갔다
뒤란 헛개나무 아래 바울이를 묻어서일까?
훌쩍 자란 헛개나무 가지가 우두둑 꺾인 채로 물방울 매
달린 이파리들 싱싱하다

기진맥진 흘러온 치와와 한 마리가 산 아랫집 식객이 되
었다
우리 집 백구 진도는 절집 옆에 사는 프리미엄으로 상구
보리 하와중생, 엄첩게 이미 보리란 이름을 얻었고
바울이는 범 종교적 신념도 아니고 절집 옆 굴러온 강아
지라 바울이라 한 것도 아니었다
왕방울 같은 눈을 사납게 굴려 이쁜 눈값을 못한다고 방
울에서 이응을 뺀 바울

내 강아지 둘 이름은 도도했다

밥을 주는 주인인 내게도
으르렁거리는 녀석을 한 번 툭 치며 나무라기라도 해주기
를 바랐지만
얄밉게도 보리는 찰싹 식객과 한 편이다
바울이는 스치기만 해도 적의를 드러내고 이름만 불러도
날카로운 이를 드러냈다

>
고기 몇 점을 먹고 옆집 절 마당으로 비적비적 나가던 바
울이가 차 바퀴 밑에 누워 있었다
마취에서 덜 깨어난 틈에 떡진 털을 깎고
피부병으로 만신창이인 녀석을 안아 주자
찰싹 안긴 채 드디어 곁을 열어 나를 올려다봤다

집으로 돌아온 저녁
마당 한가운데서 똬리 틀고
휘영청 달 뜬 겨울밤을 끓이다 숨을 거둔

아침,

외로운 것이구나
집도 보리도 마다한 오로지 혼자였구나

보리가 바울이를 핥으며 울었고
이파리 다 떨어진 앙상한 헛개나무 아래 나무 십자가를
꽂고 묻어주었다

나무아미타불.
대방광불화엄경.
바울아멘.

아무르 아모르

눈보라 친다. 아무르에 눈보라. 그 강 거슬러 산으로 간 포수를 기다리며 부러 군불 지피지도 않은 냉골. 문풍지 소리를 잡고 밤 지새는 조선 여인의 지순한 사랑 같은

연달아 들이닥친 한파를 뚫고 동굴을 만든다. 따라붙는 시선이 못을 박는다. 어느 강에 얼어붙어 돌아오지 못할까. 그리하여 사랑을 외려 안도하게 할까. 동토가 되어버린 그 위를 아무르표범이 점점이 흘리고 간 검은 눈동자를 줍고 걸어간다.

Amor.
Amor Fati.
김연자의 아모르파티에 발을 부비며 언 땅을 녹이는 군중 군중을 뚫고 또 동굴을 파고드는 밤

이두예 부산 출생. 시집 『늪』, 『외면하는 여자와 눈을 맞추다』, 『언젠가 목요일』, 『스틸 컷』, 『우리의 농도』. 이메일 rlaspfl@hanmail.net

여름의 시간 외 1 편

하 주 자

새끼를 잃은 어미 개는 해거름이 되어서야 꼬리를 축 늘
어뜨린 채 돌아왔다 축축하게 젖은 눈, 배롱나무 따라 멀
구슬나무 지나 매화나무 둥치에서 넋 놓고 있었을, 묻혀온
도꼬마리를 품고 어느 날은 마루 아래 깊숙이 들어가 발톱
이 닳도록 흙더미 파헤치고 누워 나오지 않았다 사람살이
도 유폐가 필요하듯 지금 녀석은 슬픔을 넘어갈 무덤의 시
간, 밥그릇을 마루 아래로 밀어 넣어 주는 것만이 유일한
마음이었던 그 여름

편안하십니까

꼭 아몬드나무 같아

그녀가 고흐를 불러들인 후
뒷밭에는 그가 산다

지붕보다 높은 나무에
구름 떼어 붙이고
가지 뚝뚝 끊어내
아찔한 붓을 뭉텅 찍으면

꽃잎 떨어지고
가지 부러지고
꽃댕강도 아니면서 댕강

그래도 숨을 쉬어
붉은 순이 나와
껍질 속 진동을 만져봐

흰 붕대로 동여맨
일그러진 얼굴
노란 집 창을 열고

>
자른 귀를 불쑥 내밀며

환영합니다

하주자　2013년『애지』로 등단. 시집『물의 발자국을 읽는다』(2025). 이메
　일　narchis2@naver.com

남쪽, 음악당이 있는 도시 외 1편

성 재 봉

그의 낡은 차는 벗겨진 선텐을 입고 남쪽 바다로 향했다

동지를 겨우 지났을까
라플란드의 혹한이 세상을 가볍게 어루만지고 있었다

점을 13개나 빼고 왔다는 그의 흰 얼굴에 붙은 반창고는
1월의 오로라처럼 잠시 반짝이다 눈을 감았다

모차르트의 작은별 변주곡 2번, 도로
경쾌한 재잘거림은 작은 도시 잘츠부르크를 떠올렸고,
바다가 있는 도시 음악당의 후원회원이 되고 싶다던 그의
쭈뼛한 머리칼은 미라벨 정원의 노란 튤립처럼 따뜻했다

쓴 약초를 달여 만든 산을 가르는 국경의 긴 터널
흩날리던 눈은 바람이 되고 약초 향을 머금은 비가 내렸다

남쪽, 바다가 있는 도시
사랑의 끝이 궁금했던 우리는 해변을 낀 오래된 성지의
젖은 동백꽃 시든 몽우리를 어루만졌다

그는 죽음이 두렵다고 말했고 나는 살아야 할 이유를 잠
시 생각했다

우리는 음악당에 가지 않았다

달리기

계주의 마지막 주자였던 나는
파란색 바통을 이어받고
트랙의 반대 방향으로 내달리기 시작했다

고개를 꼿꼿이 세우고 시선은 미루나무 꼭대기로 향했다
크게 벌린 입으론 순행하던 공기를 깨뜨려 받아먹었다
공기의 이면을 많이 먹은 탓에 배가 볼록해지기 시작했다

운동장을 선회하는 새는 나를 보고 방향을 바꾸었다
태양을 등지고 구름 뒤로 숨기 시작했다
언제 다시 만날지 약속은 하지 않았다

공처럼 가벼운 친구들의 폭소는 반대로 달리는
낡은 운동화의 뒤꿈치를 쫓아가고 있었다

남으로 가자 북으로 가자
친구들은 북극을 향해 달리는 아이에게 환호했고
남극을 향한 나를 조롱했다

포레스트 검프가 되어 북극과 남극에서 각자의 겨울을
보냈다
50년간 달려 북위 38도 인근에서 다시 만난 우리

　친구들은 침묵했고 구름 속 숨어 울던 새도 누구인지 알
아채지 못했다

성재봉　2024년 『애지』로 등단. 시집 『닭발』. 이메일　leveret1027@
naver.com

고도리 외 1편

권 순 자

고성 바닷가 터미널 식당에서
고도리를 먹는다
명절날 가족들은 음식상을 물리고 나면
담요를 깔고 화투를 펼쳤다
텔레비전은 노래와 씨름을 번갈아 가며 주인공이 바뀌고
담요 위 카드놀이판도 주인공을 번갈았다

놀이판 고도리와
식판 고도리 사이에서
나도 고도리처럼
덜 자란 생각들이 헤엄치며 식당 안을 돌아다녔다

덜 자란 고등어 새끼 몇 마리
물결에 어쩌다 휩쓸렸을까
짠 고도리 구이를 젓가락으로 발라 먹는다
물결의 등을 타고 노느라
길 잘못 든 줄도 모르고 노닐다가
일찍 배달되어 버린 생의 짧은 주기

고도리 한 판 살 판
생을 주억거리며
가녀린 꼬리 끝에 따라온 바다의
아쉬운 배웅을 씹어먹는다

흑두루미

바람을 타고
흑두루미
생의 춤사위 유연하다
한순간 격렬하다

새벽 바다에 풀어지는 비안개 뚫고
차오르는 물고기 춤
빛에 노출된 위험한 춤

춤이 춤을 삼키는 순간

바다는 잘못이 없다
품어줄 뿐
키워줄 뿐

춤이 유죄
불온한 춤사위가 유죄
현란한 춤이 시야를 삼켰으므로 유죄

바람은 허공길 따라
제 갈 길 유유히 간다

권순자 1986년 『포항문학』, 2003년 『심상』으로 등단. 시집 『검은 늪』,
『붉은 꽃에 대한 명상』, 『순례자』, 『천개의 눈물』, 『청춘 고래』, 『소
년과 뱀과 소녀들』 외 다수. 시선집 『애인이 기다리는 저녁』. 영역
시집 『Mother's Dawn』(『검은 늪』영역), 『A Thousand Tears』.
한국저작권협회 오디오북 선정시집 『우목횟집』 등. 이메일
479sky@naver.com

독 외 1편

박 성 진

두꺼비 새끼 몰고 도로 위 횡단한다
바퀴에 깔리고 뭉개지고 터지면서 쉼 없이 횡단한다
두꺼비의 수는 이제 절반밖에 남지 않았다
가야 할 길도 절반이다
평생 살아온
어쩌면 평생 살아가야 할 습지 뒤로 하고
두꺼비 새끼 몰고 어디로 가는 것일까
소풍이라면 저보다 더 잔인한 소풍도 없겠다
살아남은 자만이
습지의 모든 걸 쟁취하는 세상
어쩌면 천적 만나더라도
바퀴만 한 두려움이 또 있을까
잔뜩 독이 오른다
죽이기 위한 것이 아닌
살기 위한 독
악착같이 살아남으려는 독
도로 다 건너는 동안
두꺼비는 새로운 전사로 태어난다
누군가 저들 무시하려 든다면
조심할 것
단단히 무장할 것
짬밥이 괜히 있는 것 아니다

허리 구부정한 노인도
어느 전쟁터에서 팔을 잃었다는 장애인도
한때
험한 도로 건너본 적 있는
독 오른 두꺼비다
느리고
눈 껌뻑이며 온순해 보여도
언제 터져도 이상하지 않은 화약고처럼
등껍질 한층 더 부푼다 독을 품을수록
온몸이 검붉은색으로 빛나기 시작할 때
두꺼비는 더 이상 죽음이 두렵지 않다 죽음을 뚫고
도로를 다 건널 때까지 그 너머 습지에 도달할 때까지
나아간다 계속해서 나아간다

비결

귀찮게 하면 자랄 것도 못 자란다는 말씀 뒤로
덩굴마다 매달린 수박들,
어떤 것은 애호박처럼
어떤 것은 감자처럼
또 어떤 것은 자두처럼 열렸다.
까만 띠만 아니었다면 수박인 줄도 몰랐을 게다.
매일 풀 뽑고 돌을 캐고
정성 들여 키운 텃밭이건만
덩굴들이 힘할 탱이 하나 없다.
울타리 너머 거칠고 투박한 땅에는 저리도 많이 열렸는데
풀숲에도 울 밑에도
머리통만한 수박이 한가득인데
내 텃밭만 요모양 요꼴이다.
울타리 너머 수박들은 덩굴도 튼튼하다.
손가락보다 굵은 쇠심줄 같다.
바람을 감고 햇빛을 감아
제 한 몸 일으키기까지 얼마나 많은 버팀이 있었을까
어쩌면 내가 먹던 수박들이
덩굴들의 땀주머니였는지도 모른다.
그래서 수박은 늘
목마른 이들의 간절함을 더 잘 아는 것인지도 모른다.
내 손에 들린 것들을 내다 버리는 동안

울타리 너머에서 또다시 한 말씀 굴러온다.
내버려 두면 알아서 자리 찾는다고,
가물면 가문대로 넘치면 넘친 대로
필요한 만큼 다 끌어다 쓴다 하신다.
공연히 손 타면
짐승도 오래 못 사는 법이라고
때로는 그냥 지켜봐 줄 필요도 있다고.

박성진   2013년 『애지』 시 등단. 이메일 sweetlove611@naver.com

저녁의 지도 외 1편

김 재 기

저녁이 내려앉는다—
붉은 노을이 땅의 가장자리를 스치는
빛과 어둠 사이, 나는 한 걸음 내딛는다

길은 발밑에 없다
그것은 의식의 가장자리에 떠 있는
무형의 선, 흔들리는 나의 방향성

나는 나를 걷는 자
그 걸음은 공간이 아니라 시간의 흔적
발끝의 먼지가 지도를 그리고,
그 지도는 다시 나를 지워간다

사라짐이 곧 방향이다
지워짐은 잊힘이 아니라
존재가 자신을 다시 새기는 그림자의 춤

굽이치는 강을 건너며 문득 묻는다—
어디까지가 나의 그림자였을까
바위산의 침묵만이 등 뒤에서
오래된 확신의 잔향처럼 밀려온다

>
그 잔향은 말보다 오래 남고,
말보다 깊게 흔든다
그 흔듦은 다시 나를 걷게 한다

허기진 새 한 마리가 어깨에 내려앉는다
그 새는 말없이 길을 가리킨다
그러나 그 길은 언제나 사라지는 쪽이다

사라짐은 패배가 아니다
존재가 자신을 비우는 방식,
비움은 떠남이 아니라
다시 채워질 여백을 남기는 일

밤이 다가오면
고독은 빛처럼 몸에 스며든다
나는 나의 그림자를 꺼내 조용히 접는다
그 접힘은 사라짐이 아니라 정지,
정지는 오히려 더 깊은 이동이다

움직이지 않는 것들이
가장 멀리 나아간다

\>

비바람 몰아치는 황무지의 끝에서
나는 다시 한 걸음 내딛는다
바람은 발자국을 지우지만,
지도는 내 안에서 계속 그려진다

그 지도는 외부의 지형이 아니라
내면의 방향—
존재를 향한 느린 호출이다

그 호출은 소리가 아니라
몸속에서 자라나는 침묵의 결
그 결은 나를 흔들고,
그 흔듦은 다시 나를 걷게 한다

내 안의 새

흙벽 안에 나는 새 한 마리를 품고 있었다
그 품음은 기억을 깃들이는 둥지가 아니라
몸의 틈새로 스며드는 바람

비에 젖어 떨던 작은 몸, 힘차게 자라라며
나는 부서지도록 달렸다
그 달림은 품어 안는 울타리가 아니라
자신을 찢어내는 파도의 격랑

밤길을 잃고 방황할 때면 잔별처럼 깜빡이던
그 눈빛—
그 깜빡임은 언어가 태어나기 전,
심연에서 솟아오른 첫 불꽃

언젠가 벽에 부딪혀 찢긴 몸을 꿰맨 뒤
그 새는 봄빛처럼 사라졌다
그 사라짐은 무너짐이 아니라
자유가 흘린 그림자

무더운 가뭄 속,
메마른 가지 위 외로이 울던 파랑새
그 울음은 고요가 던진 빛의 파편이며

내장의 심연을 흔드는 은밀한 울림

눈이 마주친 순간,
내 가슴은 기억의 망막처럼 뛰었다
그 뛰는 울림 속에서
끝내 사라지지 않는,
그토록 아꼈던—
내 안의 그 새였다

어깨에 내려앉은 너에게
나는 말없이 고개를 기울인다
창백한 그림자의 춤보다
태양의 노래가 더 어울린다고

김재기   2015년 『시와 사람』 등단. 이메일 jaikikim@naver.com

거북을 들이다 외 1편

김 지 요

그것은 방대한 분량의 팔만대장경이다

자식 일곱을 제금* 낸 어머니가
최고의 호사로 들였던 자개장
스러지지 않는 오묘한 빛깔은
찌든 벽지를 도드라지게 한다
학의 날개에 소나무에 돋을새김한 시간의 흔적

밤마다 내려와 머리맡을 두드리는 거북
바다 곁 세든 방처럼 잠들지 않는 패총의 노래
해와 달이 함께 사는 곳에는
불면이거나 깨워지지 않은 깊은 잠만 있다
십장생은 배경일 때 아름다울 뿐
내 안에 해와 물, 사슴을 들여놓을 순 없는 일
간직하기에 버거운 무량한 말씀

짧았던 어머니의 화양연화를
제금 내기로 한다

폭포수 사이로 사슴이 사라진다

* 독립시킨다는 의미의 전라도 방언.

애월涯月

달이 뜨면 가려했다
지기 전에 돌아오려 했다

기슭에 닿을 순 있을까
달빛이 내리는 곳은 당신의 이마
물속 깊은 곳의 검은 돌

휘파람 부는 풀잎들 우르르 몰려다니는 갈대
잠들지 않는 바람의 분탕질
끄적이던 생각을 만지작거리다 물가에 놓아준다

바닷물에 흘려쓰는
애 월

뭍에 신발을 두고 온 창백한 얼굴의 사람
너의 방언은 늘 낯설어서
어두워지는 손바닥으로 얼굴을 감싼다

풍금의 건반을 누르기 시작할 때처럼

달이 떠오른다

>

바람이 차오른다

김지요   2008년 계간 『애지』로 등단. 시집 『붉은 꽈리의 방』. 『물고기,
혹은 유리잔』. 애지문학작품상 수상. 이메일   young-3023@
hanmail.net

무균법 외 1편

이 정 옥

잘 지내는지
보고 싶다 사랑한다
썼다가 지우고

오늘 하늘이 맑다
썼다가 지우고

기분이 어떠냐고 묻고
혼자서 독백을 했다가 지우고

혹여라도 먼지나 균이 될까 염려스러워

결국엔 아무 말도 아무 흔적도 없이
간밤에 살짝 다녀간 비처럼 슬그머니 눈물 훔쳤다

섬

일기예보 약간 흐림, 뉴스보다 빠르게 비가 온다

바람은 아침을 분주하게 걸어 나가고
식구들이 벗어 놓은 허물이
세탁기에서 헤엄치고 옷걸이에 걸린다
벗어 놓은 허물이 시간으로 뽀송해지면
단정한 날개 하나 골라
고립에서 벗어나고자 거울 앞에 선다

창밖에 새떼 훨훨 날고 있다
칸칸이 집인데 아는 초인종 하나 없다
아파트라는 섬

지나가는 새라도 불러 차 한잔 나누고 싶다
이 섬에 빈 초인종 하나 없다

이정옥　충남 서산 출생. 2010년 『애지』로 등단. 2024년 제11회 애지문
학작품상 수상. 시집 『간월도』. 이메일 ljo6044@hanmail.net

안산천, 생명이 불타는 공간 외 1편

김은정

키 큰 버드나무에 등을 댄 할머니에서
흰 날빛 강물이 흘러나오네

천변의 흰뺨검둥오리에서 역시
데이터센터보다 끈질긴 강줄기가 뻗어나오네

나도 나를 빠져나와
너에게로 흰 날빛을 돋우네
신랑의 목과 가슴 배에 숨결 끝없는 안산천처럼

서로를 헤엄치는 숭고함에 도시에 몰려오는 어둠조차
밝은 등을 켜고 오는 종말의 결혼식에 어울리는
1월의 신부 같네

기억의 바깥으로 흰뺨오리들이 날아오를 때
너의 날개로 온 우주를 느낀 내게도
마침내 겨울 강인
다른 생명체에 깊이 연결되는 느낌의 안산천

안산천의 편지

안산천에서 쓴다
강물이 바다와 만나는 곳

작업복을 걸친 새들이
연필로 침을 핥으면서 두 발로 쓴다

논병아리 열 마리 대 백로 두 마리 넓적부리오리 일곱 마리
모두 몸을 앞뒤로 흔들면서 군무를 추듯이 강물을 뜨고
빌고
온종일 쓴다
답장 없는 편지를 쓰다가 잠든다

숭어 떼가 한때의 수성페인트 자리를 차지했다고

추신: 봄에 안산천에서 만나는 것 어때?

김은정   2015년 『애지』로 등단. 시집 『아빠 찾기』, 『둥근 달을 뜨는 이방
인』. 현재 동서문학회, 애지문학회 회원. 이메일 eunjung8520@
hanmail.net

애지문학회

지혜사랑 시인선 『꽃밥』(김선옥 외)은 애지문학회 회원들의 스무 번째 사화집 ―『나비, 봄을 짜다』,『날개가 필요하다』,『아, 공중사리탑』,『버거 씨의 금연캠페인』,『떠도는 구두』,『능소화에 부치다』,『엇박자의 키스』,『고고학적인 악수』,『혁명은 민주주의를 목표로 하는가』,『유리족의 하루』,『버려진다는 것』,『어떤 비행飛行』,『도레미파, 파, 파』,『굴뚝꽃』,『문어文魚』,『마당에 호랑이가 산다』,『북극 항로』,『멸치, 고래를 꿈꾸다』,『D-day』에 이어서 ― 이 된다.

이영신, 정동재, 긴형식, 김평엽, 강우현, 김선옥, 백홍수, 박경분, 임은경, 이희석, 김혁분, 권혁재, 송승안, 김길중, 박영화, 이희은, 유계자, 사공경현, 임덕기, 징해영, 김윤옥, 조숙진, 최병근, 김명이, 이병연, 이순화, 정순자, 박설하, 허이서, 이돈형, 현순애, 김행석, 박정란, 한성환, 현상연, 김재언, 전은겸, 홍정미, 김정웅, 황순각, 이미순, 황금비, 김용칠, 배옥주, 강수정, 이두예, 하주자, 성재봉, 권순자, 박성진, 김재기, 김지요, 이정옥, 김은정 등, 54명의 회원들의 주옥같은 시를 실었다.

애지문학회 회원들은 서정시를 쓰는 시인도 있고, 자유시를 쓰는 시인도 있다. 정신분석학적인 측면에서 시를 쓰는 시인도 있고, 자연과학적인 측면에서 시를 쓰는 시인도 있다. 낙천적인 시인도 있고, 회의적인 시인도 있다. 저마다 제각각 사상과 취향이 다르지만, 그러나 모두가 다같이 우리 인간들의 행복한 사회를 꿈꾸며, '시인 만세'인 시세계를 열어나간다.

이메일   ejisarang@hanmail.net

애지문학회 제20집

꽃밥

발   행   2026년 3월 18일
지 은 이   김선옥 외
펴 낸 이   반송림
편집디자인   반송림
펴 낸 곳   도서출판 지혜, 계간시전문지 애지
기획위원   반경환
주   소   34624 대전광역시 동구 태전로 57, 2층 도서출판 지혜
전   화   042-625-1140
팩   스   042-627-1140
이 메 일   eji@ji-hye.com
                ejisarang@hanmail.net
애지카페   cafe.daum.net/ejiliterature

ISBN   979-11-5728-602-7   03810
값   12,000원

이 책의 판권은 지은이와 도서출판 지혜에 있습니다.
양측의 서면 동의 없는 무단전재 및 복제를 금합니다.